Helen Braid wurde in Liverpool geboren und lebt nun in Schottland. Sie hat Anglistik und Psychologie studiert und ist Autorin zahlreicher Sachbücher. Zur Zeit arbeitet sie als Wissenschaftlerin, freie Journalistin und Schriftstellerin. Zu ihren besonderen Interessen gehören Musik und Gartenarbeit.

Dieses Buch wurde auf chlor- und säurefreiem Papier gedruckt.

Deutsche Erstausgabe Oktober 1995

Titel der Originalausgabe »Letters From My Semi-Detached Son«

Originalverlag The Women's Press, London
Umschlaggestaltung Manfred Waller, Reinbek
Umschlagillustration Monika Gil'sing
Satz Ventura Publisher im Verlag
Druck und Bindung Elsnerdruck, Berlin
Printed in Germany
ISBN 3-426-65078-9

2 4 5 3 1

Helen Braid

Warum du gehen mußt

Briefe an meinen heranwachsenden Sohn

Aus dem Englischen
von Angelika Bardeleben

Knaur

… Der Kummer, der so viele Jahre
an mir nagte, ist es,
der mich so müde macht.

Emily Dickinson

Du hast mich hinausgeworfen, als ich
fünfzehn war, wegen ein paar Lügen
und einer Party, die bis in die frühen
Morgenstunden dauerte. Nachdem
Du Jim kennengelernt hattest, wolltest
Du mich nicht mehr.

(Toms Version)

Du hast Dich selbst hinausgeworfen,
weil Du Dich weigertest, Dich zu ändern.
Du hast Dich uns bis zum bitteren Ende
widersetzt. Du mußtest herausfinden,
ob das Gras auf der anderen Seite tat-
sächlich grüner war.

(Meine Version)

Prolog

Lieber Tom,

die Wohnung ist erfüllt von Deiner Abwesenheit. Die Leere ist greifbar. Heute wirst Du nicht nach Hause kommen, mürrisch und schweigsam in Deinen großen Männerstiefeln, um auf unseren Hausregeln, unseren Prinzipien, unserem Leben herumzutrampeln. Du wirst mir keinen wütenden Blick zuwerfen und keine boshaften Bemerkungen machen oder mir die Tür vor der Nase zuschlagen. Du wirst Dich nicht über mein Aussehen, meine Arbeit oder meine Freunde lustig machen. Du wirst mich nicht beschimpfen oder mich mit einem Panzer von Feindseligkeiten überrollen. Du wirst mich nicht anlügen. Du wirst überhaupt nicht hiersein. Ich trauere um Dich. Und ich trauere um mich, die Mutter, die bei Dir versagt hat.

Noch vor wenigen Tagen warst Du hier und packtest Pappkartons mit Deinen Klamotten, Deine Poster und Kassetten. Du gingst die kalten Steintreppen des Hauses hinunter, immer wieder hinunter, mit all Deinen Habseligkeiten. Mit den sperrigen, staubigen Sachen trugst Du zugleich Deine Gegenwart und Deine Vergangenheit fort. Du hast nichts aussortiert. Keine Koffer gekauft. Nicht abgesprochen, was Du behalten und wovon Du Dich trennen solltest. Du hast Dir von niemandem beim Packen helfen lassen. Du hast wahllos alle Deine Sachen mitsamt ihren Erinnerungen in schwarze, unförmige Beutel gestopft. Zu diesem Zeitpunkt sprachen wir bereits nicht mehr miteinander.

Der »Chef« tauchte ärgerlich und ungläubig auf, um Dich abzuholen. Schließlich begriff er, daß ich meinte, was ich sagte: Du hattest nur die Wahl zwischen ihm und der Straße. Ich nehme an, daß er Dir half, eine Hand auf Deine schmalen Schultern legte und tröstende Worte murmelte. Im Grunde ist er stinkwütend, daß er plötzlich mit dieser Entscheidung konfrontiert ist. Ich stelle ihn mir neben Dir vor, mit seinem bärtigen, verschlossenen Gesicht, wie er mit seinen Sandalen und seiner aufgesetzten Hilfsbereitschaft wirken mag. Er hat seit so vielen Jahren nicht mehr den Vater spielen müssen.

In der ungewohnten Stille Deines Zimmers sehe ich das Bild eines fünfzehnjährigen Jungen mit langen Haaren, die ihm die Sicht verschleiern und hinter denen er möglicherweise seine Tränen verbirgt. Er stampft die Treppen des Mietshauses hinauf und hinunter. Ein Junge, der die Realität dessen, was ihm geschieht, zu verdrängen versucht. Ein Junge in unverschnürten Doc-Martens-Schuhen und einem schmuddeligen, schwarzen T-Shirt, der eine schwierige Kindheit und stürmische Jahre hinter sich läßt.

Heute lehnte ich mich gegen die geschlossene Tür Deines Zimmers und ließ der Flut von Tränen, die ich seit Tagen zurückgehalten hatte, freien Lauf. Ich weinte um die liebevollen ersten Jahre. Ich weinte um die schwierigen Jahre, nachdem ich den »Chef« verlassen und Dich mitgenommen hatte. Ich weinte, weil Du gegangen warst.

Teil eins

Kindheit

Lieber Tom,

am Abend vor Deiner Geburt gingen der »Chef« und ich in den Filmpalast. Ich erinnere mich noch, daß ich über meinem gewaltigen Bauch ein langes indisches Kleid trug, bedruckt mit dunkelroten und blauen Blumen. Du warst unglaublich schwer geworden. Ich spürte Deine lebendige, bewegliche Form in mir. Wir waren glücklich. Wir warteten sehnsüchtig auf Deine Ankunft.

Mein Kleiner, Du warst ein wirkliches Wunschkind.

Du warst mein erstes Kind, und ich habe Dich innig geliebt. Ein Christkind, geboren am Heiligabend, gefeiert mit Sherry in Medizingläsern und Mistelzweigen über meinem Bett. Es war eine der glücklichsten Wochen meines Lebens. Du, der Sohn, den ich mir im stillen gewünscht hatte. Du, gesund und sicher in Deinem kleinen Bettchen neben mir. Du, der Hübscheste von allen. Andere Babys waren blau und lila und hatten verschrumpelte Gesichter wie alte Männer. Du hattest eine weiche, glatte Haut, blaue Augen und einen Flaum von weißblondem Haar. Noch drei Jahre nach Deiner Ankunft konnte ich mir keine Geburt im Fernsehen oder im Kino anschauen, ohne in Tränen auszubrechen.

Es war ein heller, frostiger Dezember. Jeden Morgen, wenn die gleißende Wintersonne mit ihrem Licht mein Bett überflutete, nahm ich Dich hoch und ging mit Dir ans Fenster. Ich drückte Dich an meine Brust und atmete Deinen süßen, milchigen Geruch ein, während ich dort stand und lächelnd hinaussah. Ich war voller Zuversicht. Ich war glücklich. Jeder Tag war strukturiert durch kleine, einfache Rituale: die Wäsche zusammenzulegen – die frischen, warm gebügelten Nachthemdchen mit den Bändchen, die über Deinem zarten Rücken zusammengebunden waren. Dich in ein weißes Leinentuch zu wickeln, bis nur noch Dein runder Kopf herausschaute und Du aussahst wie ein Stoffpüppchen oder ein Lolli. Dich in Dein Bettchen zu legen oder Dich zum Füttern hochzunehmen. Abends kam der »Chef« mit Blumen, Champagner und seiner charakteristischen Überheblichkeit. Er legte die Füße auf die Fensterbank, legte Dich auf seine Knie und schnitt Grimassen. Er faßte sein Baby nicht unbeholfen an, wie andere frischgebackene Väter es tun. Er begann sofort damit, direkten Kontakt zu Dir zu suchen. Er beeinflußte Dich von Anfang an.

Die ersten fünf Jahre Deines Lebens lebtest Du in einer familiären Idylle. Da waren Mama-Bär und Papa-Bär und Baby-Bär, und alle wohnten in einem hübschen, kleinen Häuschen, um dessen Tür sich rosa Rosen rankten. Unser Haus war das vorletzte in einer Serie von Reihenhäusern, an deren Rückseiten schmale Gärten zu einem seichten Teich hinunterführten. Die Häuser lagen um den Teich herum in einer Bodensenke, wo sie geschützt und von den umliegenden Straßen nicht einsehbar waren. Dein Leben hatte einen Rhythmus, der von den Jahreszeiten bestimmt wurde. Im Frühjahr beobachtetest Du die Moorhennen beim Bau ihrer Nester und beim Ausbrüten ihrer Eier auf der kleinen Insel aus Weidenbäumchen, oder, was gefährlicher war, im Riedgras in der Nähe des Ufers. Im Sommer konntest Du zusehen, wie die Vögel ihren Jungen beibrachten, auf ihren Beinchen, die aussahen wie dünne, schwarze Striche, über die Lilienblätter zu hüpfen, während vom nahen Bowlingplatz das dumpfe Klicken der Holzkugeln zu hören war. Im Herbst sahst Du den alten Männern zu, wenn sie das Laub zusammenharkten und ein letztes Match in der untergehenden Sonne genossen. Du zähltest die Küken, die bis zum September überlebt hatten. Und während des ganzen Jahres ranntest Du durch den Garten und dann den kleinen Pfad um den Teich herum, um Deinen Vater zu begrüßen, wenn er mit seiner Aktentasche von der Arbeit kam.

Ich glaubte damals, daß Du glücklich warst. Wie andere kleine Kinder hattest auch Du Deinen besten Freund, der unser Haus seinem eigenen Zuhause vorzuziehen schien. Eines Tages war er mit neugierigen Augen aufgetaucht, und von da an kam er immer wieder. Weißt Du noch, wie er immer vor unserem Haus aufkreuzte? Er kurvte auf dem Bürgersteig auf und ab; mit hängendem Kopf und kurzen, stämmigen Beinchen trat er mit seinen roten Sandalen wild in die Pedale. Dann bremste er einige Male mit quietschenden Reifen, warf das Rad auf dem Vorderreifen herum und radelte langsam auf unseren Zaun zu. Schließlich starrte er durch unsere Fenster, um zu sehen, ob Du zu Hause warst.

»Ist Tom da?«

Ja.

»Spielt er?«

Ja.

Mit Euren Rädern rumpeltet Ihr beiden Verrückten die Eingangstreppen hinauf und hinunter, bis mein Herz ängstlich zu klopfen begann. Oder, was noch schlimmer war, Ihr unternahmt Wettrennen auf Plastiktreckern oder Dreirädern den Pfad hinunter zum Teich, was meist damit endete, daß er heil unten ankam, Du jedoch in der Ligusterhecke landetest und laut zu brüllen begannst.

»Seid bitte vorsichtig!« jammerte ich, die typische ängstliche Mutter. »Bitte fahrt doch nicht so schnell!«

Und Ihr nahmt, wie hätte es anders sein sollen, nicht die geringste Notiz von mir.

Manchmal spieltet Ihr »Ein Bär! Ein Bär!«. Ihr krabbeltet kichernd die Treppe hinauf und versteckt̨et Euch unter der Decke im Doppelbett. Dort bliebt Ihr so lange, bis Eure Körper heiß und feucht wurden und Eure Herzen wie wild hämmerten. Ihr klammertet Euch aneinander, bis der richtige Moment gekommen war. Dann richtete sich Peter, theatralisch nach Luft schnappend, auf und stieß einen markerschütternden Schrei aus: »Ein Bär! Ein Bär!« Kerzengerade und mit weit aufgerissenen Augen starrte er auf die fürchterliche Bestie, die in seiner Phantasie am Bettende aufgetaucht war. Deine Augen wurden riesengroß, und auf Deinen Wangen brannten rote Flecken. Nachts lagst Du zitternd in Deinem Bett. Du sagtest, der Fuchs mit der roten Schnauze würde vom Teich herüberschleichen und durch Dein Fenster klettern. Du glaubtest, sein Heulen würde vom Wind verschluckt. Er würde sein rotes Maul öffnen und Dich im Schlaf fressen.

Während jener ersten Jahre hattest Du keine schlimmeren Ängste als die vor dem rotschnäuzigen Fuchs und keinen anderen Grund zum Weinen als Deine aufgeschrammten Knie.

Lieber Tom,

Du bist drei Jahre alt. Die Häuser auf der anderen Seite des Teiches sind hinter einem Gewirr von Blättern verschwunden. Es ist, als hätte ein Kind einen dicken, grünen Malstift genommen und jeden Tag ein paar Kringel mehr auf eine Zeichnung gekritzelt, die eine Winterlandschaft darstellt. Die Gänse geben ihren Jungen Flugunterricht. Es sieht gefährlich aus, wenn sie zwischen den Telegraphendrähten durchfliegen. Am Rande des Teiches sind über Nacht blasse Schirme gewachsen, die wie überdimensionale Pilze aussehen. Die Angelsaison hat begonnen.

Du beobachtest von Deinem Kinderzimmerfenster aus die Vögel auf dem Wasser. Nach dem Frühstück nehme ich Dich an die Hand und gehe mit Dir hinunter an das Geländer, damit Du sie mit Deinen Brotkrumen füttern kannst.

Ich hebe Dich hoch und fühle, wie Dein seidiges, glattes Haar mein Gesicht streift. Normalerweise geht der »Chef« sehr viel früher zur Arbeit, aber heute hält er sich mit uns an unserem Futterplatz auf. Er wirft das Brot in großem Bogen den Moorhennen zu und wartet nervös darauf, daß sie es für ihre Jungen auflesen. Deine Brotstückchen landen ganz in der Nähe, wo sie von den gierigen Spatzen weggepickt werden, die im Riedgras sitzen. Aber Du bist zufrieden.

An jenem Morgen bemerken wir eine Ansammlung von Leuten in der Nähe der Hecke hinten am Teich. Jemand sagt: »Eines der Entchen ist verletzt.« Wir sehen in die Richtung, in die sie deuten, und entdecken ein gelbes Küken, das hilflos im Wasser treibt. Sein Hals ist seitlich verdreht, der Kopf hängt im Nacken, und hinter sich im Wasser läßt es eine schmale, dunkle Spur zurück. Niemand unternimmt etwas. Der Kopf des Kükens gerät unter Wasser. Es kämpft hilflos darum, nicht unterzugehen.

Jemand sagt: »Ich schätze, ein Fuchs hat es in der Nacht erwischt.«

Das Entchen kämpft noch immer darum, sein wackeliges Köpfchen gerade auf dem kraftlosen Hals zu halten, aber es treibt immer weiter vom Ufer des Teiches fort. Es scheint am Ende seiner Kräfte zu sein. Und was tut Dein Vater? Mit einem verächtlichen Blick wendet er sich von den tatenlosen Zuschauern ab und macht auf dem Absatz kehrt. Er stapft davon; dicke, schwarze Haarsträhnen fallen ihm ins Gesicht, und er rudert beim Gehen mit den Armen, so daß er wie eine Windmühle aussieht. Wir wußten, daß er so immer ging, wenn er ärgerlich war, zu spät kam oder wenn seine Arthritis im Fuß ihm zu schaffen machte.

Am Rande des Teiches liegt ein uralter Kahn, den die Angler benutzen, um einmal im Jahr die schleimigen, wuchernden Algen zu entfernen. Du trottest neben Deinem Vater her und hilfst ihm, das Boot hinaus ins Wasser zu schieben. Du siehst zu, wie er unbeholfen hineinspringt, sich dabei die Sandalen und die Jeans bespritzt und dann mit voller Kraft auf den todgeweihten Vogel zurudert. Du siehst zu, wie er ihn vorsichtig aus dem Wasser nimmt und ihn in der einen Hand hält, während er mit dem anderen Arm das Boot zurück zum Ufer manövriert. Du siehst das entkräftete kleine Küken mit seinen hervortretenden Augen, aus denen verzweifelte Resignation spricht. Dein Vater sagt zu Dir:

»Sein Hals ist gebrochen, mein Schatz.«

»Wird es wieder gesund werden?« fragst Du bekümmert.

»Nein, mein Kind«, lautet seine ehrliche Antwort. »Es kann nicht mehr gesund werden.«

Er hält es beschützend in seinen Händen und beugt sich hinunter, damit Du es betrachten kannst. Behutsam streckst Du Deine Hand aus und berührst mit Deinem Finger seinen Kopf. Du streichelst den sterbenden Vogel.

Dein Vater marschiert wieder davon, mit dem Vogel in der Hand und einem finsteren Blick auf die Leute, die ihm nachstarren, aber kein Wort sagen. Für sie ist er, da er sich mit einem ertrinkenden Küken abgibt, eindeutig ein Verrückter. Er geht in den Garten und den Pfad zum Haus hinauf, wo die Mülltonne steht. Deine Augen folgen ihm, aber er ist darauf bedacht, uns den Rücken zuzuwenden.

Als er zurückkommt, sind seine Hände leer. Er sagt zu Dir: »Das Küken ist jetzt tot. Es muß nicht mehr leiden.«

Der »Chef« ist tüchtig. Er ist human. Diese Eigenschaften möchte er an Dich weitergeben.

In solchen Momenten erinnerte ich mich an den Wissenschaftler mit dem glänzenden Haar, den Mentor, den älteren Mann, der mit überzeugenden Worten und Einladungen zum Abendessen um mich geworben hatte. Aber vor ein paar Tagen, als ich gerade aus der Universitätsbibliothek kam, hatte ich ihn zufällig erblickt, und was ich sah, war ein Akademiker mittleren Alters, ein gealterter Hippie mit einem leuchtenden Stirnband, welches das schulterlange Haar zusammenhielt, mit einem schütteren Bart und einem fliederfarbenen, geblümten Hemd, das über der Hose herunterfiel. Ich versteckte mich lieber hinter einer Säule, als meine Verbindung zu diesem Mann offen zuzugeben.

Schließlich muß es einmal gesagt werden, frei und geradeheraus, und dieser Moment ist genauso gut oder schlecht wie jeder andere. Ich habe Dich Deinem Vater, den Du liebtest, fortgenommen. Das ist eine Tatsache. Was auch immer ich für ihn empfunden oder über ihn gedacht haben mag, zwischen Euch beiden stimmte einfach die Chemie.

Der »Chef« versorgte Dich mit den Fakten, die Dein neugieriger Geist dringend benötigte. »Warum, Daddy? Warum?« Er beantwortete alle Deine Fragen gründlich und geduldig. Er füllte Deinen kleinen Kopf mit einem riesigen Sammelsurium von Wissen und Informationen. Er erklärte dir, warum eine Gottesanbeterin aussieht, als ob sie betet. Er erklärte Dir, wie die Muskeln in den Flügeln einer Heuschrecke funktionieren. Er erzählte Dir alles über die Kakerlaken, die er seit Jahren erforschte. Dein Vater war es, nicht ich, der ein Prisma mit nach Hause brachte und Dir die Magie des gebrochenen Lichts zeigte. Während ich das Abendessen zubereitete, verwandelte er Deine Badestunde in eine Wissenschaftsshow, mit durchsichtigen Schläuchen, durch die Ihr beide das Wasser durch das ganze Badezimmer spritztet, bis die Handtücher und der Boden patschnaß waren. Er hob im Garten Steine auf, um Dir die Käfer und Asseln zu zeigen. Er hielt einen Frosch in der Handfläche und zeigte Dir, wie er sein Hinterbein strecken und falten konnte, so daß es zu einem energiegeladenen Sprungbrett wurde. Er zeigte Dir die Wunder, die er bei seiner Arbeit entdeckte, die blaugefärbten Zellen, die rotäugigen Ratten, die Skalpelle und Mikroskope, und führte Dich selbst voller Stolz seinen Kollegen vor.

Und ich? Ich glaube, ich gab Dir meine Liebe.

Lieber Tom,

im Alter von drei Jahren hattest Du einen engen und treuen Freund in der Nachbarschaft, der siebzig Jahre älter war als Du. Ich grub meinen Garten um, er grub seinen

Garten um, und Du saßest auf der Mauer dazwischen, verglichst, was wir geschafft hatten, und leistetest uns Gesellschaft. Der alte Fred Lindley hatte Dich, mein kleiner Sohn, in sein Herz geschlossen. Du wußtest, wo Du ihn finden konntest, gewöhnlich in seinem Garten, wo er vorsichtig die Erde zwischen seinen wunderbaren Pflanzen hackte. Warum wuchsen meine Pflanzen nicht so gut wie seine? Wenn er eine Pause machte, liefst Du hinüber und setztest Dich neben ihn auf die Mauer vor seinem Sommerhaus. Zwischen Euch beiden herrschte eine wundervolle, freundschaftliche Stille, wenn Ihr dort mit Orangensaft und Keksen zwischen den Ringelblumen beieinandersaßt. Ihr verstandet Euch ohne Worte.

Fred Lindley war ein Bowling-Meister. Du wußtest das, weil er Dir seine Preise gezeigt hatte. Drei Jahre hintereinander hatte er in jedem Sommer seinen silbernen Pokal hoch über den Zaun gehalten, damit Du ihn sehen konntest. An den Dienstagen und Donnerstagen trabten seine Bowlingfreunde in der Spätnachmittagssonne durch unser hinteres Gartentor und forderten Fred fröhlich auf, sie auf die Grünfläche zu lassen. Er hatte die Schlüssel zu dem Vorhängeschloß in Verwahrung, womit das Gatter, das zur Rasenfläche führte, verschlossen gehalten wurde. Du hocktest Dich vor das Geländer und beobachtetest die alten Männer, wie sie die schweren, hölzernen Kugeln warfen. Manchen Morgen winkte Fred Dich zu sich heran. Dann gingt Ihr beide zu den rostigen Eisenpforten, und Du durftest mit ihm zusammen das grüne Heiligtum betreten. Du hocktest Dich dann auf einen großen, runden Stein, während Fred neue Bahnen in den bereits perfekten Rasen mähte.

In der Nacht, als im Nachbarhaus laut gegen die Wand geschlagen wurde, als die schnellen Schritte, das Klagen der alten, vom Schicksal getroffenen Ehefrau und das Aufheulen der Krankenwagensirene zu hören waren, schliefst Du, mein Kleiner, fest und ungestört. Aber am nächsten Morgen mußte ich Dir erklären, daß Dein Freund ins Krankenhaus gebracht worden war.

Von der Eingangstür bis zur Station entging Deinen weitaufgerissenen Augen nichts. Du nahmst die vielen Bettenreihen wahr, in denen erwachsene Männer in dicken Kissen lagen, wie Kinder, die in der Nacht in ihre Bettchen gepackt werden. Dabei war es heller Tag. Die starke Sommersonne flutete durch die Fenster und ließ die weiße Bettwäsche schmerzhaft grell aufleuchten.

Mrs. Lindley saß an seiner Seite. Sie trug ein hübsches geblümtes Kleid und eine Perlenbrosche, aber in ihren Augen lag eine abgrundtiefe Traurigkeit.

»Er kann nicht sprechen«, flüsterte sie. »Aber ich glaube, er erkennt mich.«

Das Gesicht Deines Freundes war plötzlich so hager, daß ich die Umrisse der Knochen unter seiner Haut wahrnehmen konnte. Du starrtest auf seinen verzerrten, offenen Mund und seine Hand, die sich unruhig auf der Bettdecke bewegte. Ich fragte mich, ob Du, genau wie ich, an das Entchen denken mußtest? Du hieltest ihm die Rosen hin, die wir in unserem Garten gepflückt hatten, und er gab ein ersticktes, kehliges Geräusch von sich.

Ich erzählte mit einer schrecklichen falschen Fröhlichkeit von unseren Gärten. Ich lächelte zuversichtlich, weil ich nicht wußte, wie ich mich sonst verhalten sollte. Nach einer Weile unternahm Fred die gewaltige Anstrengung, seinen Kopf so zur Seite zu drehen, daß er Dich im Blick hatte. Er gab erneut diese erstickten Laute von sich, drängend und entschlossen, und sah Dich mit starrem Blick an. Seine Hand bewegte sich die ganze Zeit über die Decke, hin und zurück, hin und zurück. Wir Erwachsenen erstarrten.

Du dagegen klettertest auf sein Bett und hieltest seine kalte, papierne Hand. Du legtest Deinen runden, kleinen Kopf neben seinen. Fred Lindley weinte, aber er weinte nur mit den Augen, denn der Rest seines Gesichts war gelähmt. Du klammertest Dich an ihn. Du wußtest Bescheid. Und langsam versiegten seine Tränen, und sein steifer Körper entspannte sich. Wir zogen uns zurück und ließen Euch beide allein. Auf Deine Art, auf die bestmögliche Art, nahmst Du Abschied von Deinem Freund.

Später an diesem Nachmittag starb Fred Lindley. Und ich war stolz auf Dich, meinen kleinen Sohn, und ich war erstaunt, was Du ihm hattest geben können.

Denn damals, als Du klein warst, hattest Du so viel zu geben.

Lieber Tom,

der Zauber jener ersten Sommer verblaßte und ließ mich in einer Illusion von Freiheit zurück. Dem »Chef« wurde es bald langweilig, mich zu ermutigen, und er widmete sich wieder ganz und gar seiner eigenen Karriere. Gerade als ich voller Stärke und Zuversicht war, ließ er mich mit den Alltagssorgen, der Routine und meiner Mutterrolle allein. Zwischen den Vorlesungen und meiner Dissertation füllte ich, so gut es ging, diese Rolle aus. Ich begann die Belastung meiner vielen Verpflichtungen deutlich zu spüren.

Ich lernte es, meinen Tagesablauf so zu organisieren, daß ich keinen einzigen kostbaren Augenblick vergeudete. Am Morgen, zwischen dem Aufsetzen des Wasserkessels und dem Kochen des Wassers, begann ein anstrengender

Hürdenlauf. Ich machte die Betten, deckte den Frühstückstisch, fütterte die Katze, sammelte Dein Spielzeug ein und sprang mit großen Sätzen die Treppe hinauf, um Dich zu wecken. Ich hatte als herumwirbelnder Derwisch ständig meine Arbeit und Deine Betreuung im Nacken, während der »Chef« ganz langsam in Bewegung kam, geräuschvoll gähnte, es sich in der Badewanne gemütlich machte und mit wichtigtuerischem Stirnrunzeln über den Tag nachsann, der vor ihm lag. Ich schlüpfte in meine üblichen Jeans (keine Zeit, darüber nachzudenken, was ich anziehen sollte), suchte nach fehlenden Unterlagen, grapschte unter dem Sofa nach zwei Schuhen und zwei Socken und rannte, zwei Stufen auf einmal nehmend, nach oben, um Dir guten Morgen zu sagen. Der »Chef« hockte am Frühstückstisch, schlürfte seinen Kaffee, ordnete seine Gedanken, nahm seine Aktentasche und stapfte hinaus in einen frischen, unbeschwerten Morgen. Mich ließ er zurück mit seinen Krümeln, seinen dreckigen Socken und Deiner schlechten Laune.

Denn seit einiger Zeit war aus meinem kleinen, munteren Vögelchen eine träge, mürrische Schnecke geworden. Da stand ich, noch ganz atemlos von dem vielen Treppensteigen, aber doch glücklich, Dein süßes, schläfriges Gesicht auf dem Kopfkissen zu sehen, zog die gelben Vorhänge zurück, um die Sonnenstrahlen hereinzulassen, und wartete auf Dein erstes Lächeln als morgendliche Belohnung. Aber manchmal wurde ich von einem steifen, kleinen Körper und einem kalten, leeren Gesicht begrüßt.

Du sahst mir zu, wie ich durch Dein Zimmer wirbelte, die Schubladen durchwühlte und Deine Sachen auf den Teppich warf: Dein blaues Unterhemd, Deine Unterhose, Dein T-Shirt, Deinen Trainingsanzug und Deine Socken. Wie ich alles der Reihe nach hinlegte, damit Du nur noch hineinzuschlüpfen brauchtest. Die Sachen auf dem Teppich sahen aus wie eine Anziehpuppe. Langsam, ganz langsam und mit schweren Lidern rührtest Du Dich und strecktest Deine schlaffen Beinchen unter der Daunendekke hervor, erhobst den Kopf vom Kissen und krochst voller Widerwillen aus dem Bett. Du wolltest die angenehme Wärme Deiner Träume und Deines Bettes nicht verlassen. Das konnte ich gut verstehen. Du stecktest in Deinem roten oder grünen, weichen Schlafanzug, und ich nahm Dich in den Arm und strich Dir über die verwuschelten Haare. Ich trug Dich zum Fenster, damit wir die Vögel zählen und den Teich sehen konnten. Aber nur für ein paar Minuten, denn mehr Zeit hatte ich nicht. Jetzt komm, sagte ich dann.

Später, während Dein Frühstück in der Pfanne brutzelte, ging ich zurück in Dein Zimmer und fand Dich genau an der Stelle, wo ich Dich zurückgelassen hatte; eine reglose Gestalt am Fenster oder eine sitzende Skulptur mit einem Strumpf in der Hand. Also zog ich Dir Deinen Schlafanzug aus und die anderen Sachen an, und wir gingen hinunter, begleitet von dem Geruch der Fischstäbchen und meinem fröhlichen Geplapper. Hand in Hand zählten wir die Treppenstufen und marschierten im Takt zu unserem Morgenlied: »Der Tag bricht an, der Tag bricht an, komm zum Frühstück, kleiner Mann.« Am Tisch konnte ich nicht stillsitzen; ich räumte das Geschirr hektisch in die Schränke, wollte Dich zur Eile antreiben, da ich wußte, daß wir bereits spät dran waren, daß mein Tag zu kurz war und meine ungeschriebenen Kapitel warteten. Aber Du warst noch gar nicht richtig wach. Nun komm, drängte ich Dich. Wie ein Schlafwandler nahmst Du mein Drängen gar nicht wahr. Trödeltest trotz meiner Eile. Du setztest meinen Bemühungen, Dich zu einem normalen Tempo anzutreiben, Widerstand entgegen. Und ich seufzte und verzieh Dir, denn natürlich war Dein Tag nicht von der gleichen Anspannung belastet wie meiner. Wenn ich Dich dann schließlich gewaschen und gekämmt und warm eingepackt hatte, war ich von der Anstrengung nervös und erschöpft. Und mein eigener Tag hatte noch nicht einmal begonnen.

Lieber Tom,

wie ein Punkt am Ende eines jeden Tages kam der »Chef« auf dem Pfad am Teich entlangmarschiert, gerade richtig für den Sherry, aber zu spät für die Hausarbeit, gerade richtig, um zu kritisieren, aber zu spät, um selbst etwas anzupacken. Du wartetest an Deinem Kinderzimmerfenster schon auf ihn, ranntest nach unten, um ihn zu begrüßen, oft auch, um vor meiner Gereiztheit Zuflucht zu suchen. Mit Deiner kleinen Hand in seiner fragte er Dich nach Deinem Tag und erzählte von seinem. Ihr beide ließet Euch Zeit da draußen, betrachtetet die Vögel und den Teich, saht Euch den Himmel an und freutet Euch über den anerkennenden Blick auf dem Gesicht des anderen. Ihr hattet Zeit füreinander. Drinnen im Haus wirbelte ich wie üblich herum. Ich rührte in den Töpfen, wusch Teller ab und räumte Dein Spielzeug beiseite, neidisch und voller Groll, denn der Tag des »Chefs« war reibungsloser verlaufen als meiner. Seine Zeit war nicht so erbarmungslos verplant. Er hatte nicht versuchen müssen, der Uhr ein Schnippchen zu schlagen, das Chauffieren und den Sportkurs gleichzeitig mit dem Einkaufen in die Mittagspause zu pressen. Er hatte seine Gedanken auf dem Heimweg in Ruhe ordnen können, und so kam er gelassen und mit sich und seiner geleisteten Arbeit zufrieden herein. Wenn ich an Händen und Füßen bebte, weil ich bis zum Umfallen herumgerannt war und Du Dich mir nach Kräften widersetzt hattest, war er blasiert und verletzend. Wenn er den Druck und die Anspannung spürte, tadelte er mich mit unglaublicher Anmaßung, kritisierte mich als zu emotional und erklärte mir von oben herab, es gäbe bessere Möglichkeiten, mit einem Kind umzugehen. Im stillen verbündete er sich mit Dir in der Annahme, daß Deine Mutter viel zuviel Wind um Dinge mache, die kaum der Rede wert seien.

Ohne Ausnahme stellte er sich auf Deine Seite. Wenn Du frech warst, dann nur aus Müdigkeit. Wenn Du Dich weigertest, mir zu helfen, dann lag es daran, daß ich zuviel von Dir verlangte. Wenn wir beide uns stritten, dann deshalb, weil ich stets hysterisch reagierte. Er bemühte sich nicht, Dich zur Ordnung zu rufen, denn das wäre unbequem gewesen, sondern er entschied sich für den einfachsten Weg, nämlich den des geringsten Widerstands. Es war leichter, über Dein Fehlverhalten hinwegzusehen und die Probleme unter den Teppich zu kehren, als sie wahrzunehmen und sich mit ihnen auseinanderzusetzen. Nach dem Motto: irgendwie wird es schon laufen, hielt er sich aus allen Schwierigkeiten heraus. Damit überließ er mir die Rolle der Bösen. Er war der Elternteil, der zu allem ja sagte. Also war ich diejenige, die ab und zu nein sagen mußte.

Lieber Tom,

die morgendlichen Kämpfe setzten sich fort, bis sie zur Routine wurden, und dadurch nahm ich nicht wahr, daß Du nicht einfach nur ungeschickt und langsam warst, sondern mir etwas mitteilen wolltest.

Von Anfang an war mir die Wahl Deines Kinderhortes

ein Dorn im Auge; ich hätte Dich lieber zu einer Gruppe am anderen Ende der Stadt gebracht. Aber der »Chef« war der Meinung, daß die Entfernung geringer und dieser Hort deshalb praktischer sei. Wenn ich einmal krank gewesen wäre, hätte er, Gott bewahre, zehn Meilen fahren müssen, um Dich hinzubringen und wieder abzuholen.

Jener schreckliche, entscheidende Morgen schien genauso wie jeder andere zu sein. Du warst ein Kind, das alles im Zeitlupentempo machte. Die Zeiger der Uhr rückten unerbittlich voran, aber Du wurdest immer langsamer. Du kautest jeden Bissen unendlich lange. Starrtest ins Leere. Klopftest mit den Füßen trotzig gegen die Stuhlbeine. Schobst Dein Essen auf dem Teller herum und fordertest mich mit mürrischen Blicken heraus, wenn ich versuchte, Dich anzutreiben. Viertel nach acht wurde ich unruhig. Um halb neun war ich verzweifelt. Du trödeltest noch immer herum, während ich um Dich herumflitzte, um Deine Sachen zusammenzusuchen. Du hörtest gar nicht hin, wenn ich Dich aufforderte, Deine Handschuhe zu suchen oder Deine Schnürsenkel zuzubinden. Du machtest Dich steif wie eine leblose Puppe, die ihre Arme nicht allein in die Anorakärmel stecken konnte.

Und als ich Dich dann schließlich in den Wagen bugsiert hatte, preßtest Du Dich in den Rücksitz, als wenn der Druck Deines kleinen Körpers es verhindern könnte, daß Du im Kinderhort abgeliefert würdest. Ich glaube, da hinten im Auto, angeschnallt in Deinem roten Kindersitz, hast Du die Technik perfektioniert, durch stilles Dasitzen und eine ausdruckslose Miene alles auszuschalten, was Du in der Realität nicht akzeptieren konntest.

Dennoch erreichten wir mit erschreckender Unausweichlichkeit immer unser Ziel, und dort wartete schon Maggie, um Dich in Empfang zu nehmen. Du mochtest sie nicht. Du sagtest, sie habe kleine Augen und dicke, weiße Beine, die wie Maden aussähen. Während der Mahlzeiten bestand sie auf absoluter Ruhe und klaute sich hin und wieder ein paar leckere Bissen von Deinem Teller. Schon damals lehntest Du es ab, Fleisch zu essen. Du sagtest, Du würdest die Konsistenz hassen (ja, das Wort kanntest du bereits) und es mache Dich krank, es kauen zu müssen. Aber vegetarische Kost war damals noch nicht in Mode, also mußtest Du Dich damit abfinden. Einmal in der Woche gab es die gefürchtete knorpelige Fleisch- und Gemüsepfanne.

Maggie hatte inzwischen ziemliche Vorbehalte gegen Dich. »Beeil dich, Tom. Wir warten nur noch auf Dich, wie immer. Kauen und schlucken! Kauen und schlucken!« Du gewöhntest Dir an, Deine Backen wie ein Hamster aufzublähen und das faserige Fleisch im Mund zu behalten, bis Du es im Garten ausspucken konntest.

Eines Tages hatte ein anderer kleiner Junge Abdrücke von Zähnen auf seiner Hand, und Du wurdest beschuldigt, ihn gebissen zu haben. Maggie packte Dich, gab Dir eine Ohrfeige und stellte Dich in die Ecke. Am schlimmsten war für Dich, daß Du »Mr. Men« im Fernsehen zwar hören, aber nicht sehen konntest, weil Du mit dem Gesicht zur Wand stehen mußtest. So sah ich Dich an diesem Tag, als ich zufällig beschlossen hatte, meine Bücher einmal früher als üblich beiseite zu schieben und Dich abzuholen. Maggie hatte von Dir verlangt, zuzugeben, daß Du den anderen Jungen gebissen hattest. Du hattest Dich geweigert. Immer wieder. Du hättest niemals etwas zugegeben, was Du nicht getan hattest. Du gabst nicht um des lieben Friedens willen klein bei. Ich öffnete gerade die Eingangstür des schäbigen, alten Gebäudes, als Maggie rief: »Du bist ein böser kleiner Junge. Ein ganz böser kleiner Junge!«

Das war das letzte Mal, daß Du dort warst. Ich schnappte Dich und Deinen grünen Anorak und Deinen blauen Schuhbeutel mit dem aufgestickten »T« und sagte Dir, Dich fest in den Armen haltend, daß Du nie wieder dort hingehen müßtest.

Oder könnte es sein, daß Du schon damals ein kleiner, sturer Querkopf warst? Ich spreche aus Erfahrung, denk daran. Hast Du Maggie so gereizt, daß sie sich schließlich vergaß und Dich grausam behandelte?

Warst Du tatsächlich ein sehr böser kleiner Junge?

Lieber Tom,

in jenem letzten Sommer ließ der Streß Gott sei Dank nach. Meine Doktorarbeit war fast fertig, es fehlte nur noch der letzte Schliff. Das war auch gut so, denn als die Sonne schien und die Tage länger wurden, konnte ich nicht arbeiten. Wie eine Schildkröte steckte ich Kopf und Glieder aus meinem Panzer und suchte die Wärme. Neun Monate lang war ich gehetzt und zerrissen, verzweifelt und überfordert gewesen. Jetzt konnte ich mich ein wenig entspannen. Von Juli bis September schob ich meine Arbeit voller Schuldbewußtsein einfach beiseite und grub meine Hände tief in die Erde.

Mein Körper sehnte sich nach frischer Luft, Sonnenlicht und krümeligem Erdreich. Meine Hände brannten darauf, Löcher für neue Setzlinge zu bohren und kleine Thymian- und Lavendelpflanzen in den warmen Boden zu stecken. Ich konnte es kaum abwarten, meine Ärmel hochzukrempeln und mich der herrlich schmutzigen, erdigen Arbeit des Jätens, Hackens und Pflanzens zu widmen. Ich wollte in Ruhe gelassen werden, um mich in meine Blumenbeete hocken zu können, mit nackten Armen und Beinen, die mit Erde verschmiert waren, und meinem der Sonne zugewandten Gesicht. Ich wollte meine eigenen Wurzeln schlagen, so, wie du, mein Kind, Wurzeln schlugst.

Für Dich war es eine glückliche Zeit. Eine Zeit in einer Welt, die für Dich vertraut und sicher war. Du warst ein kleiner, unternehmungslustiger Kerl, der um den Teich streunte und die Vögel auf dem Wasser beobachtete. Du erforschtest die dunklen Wege zwischen den Reihenhäusern und legtest im Kopf eine Karte von der Gegend an, in der Du lebtest. Du wußtest, wo man die orangefarbenen Blumen mit den Blättern wie Schilfrohr finden konnte. Du wußtest, wo die Füchse unterhalb des Bowling-Häuschens sich ihre Höhle gegraben hatten. Du wußtest, um welche der Gärten hinter den hohen Hecken Du einen Bogen machen mußtest, weil dort Hunde knurrten oder die verrückte alte Gertie imaginären Liebhabern ordinäre Aufforderungen zurief. Du wußtest, daß Du nicht zu nahe ans Wasser gehen durftest. Du wußtest, zu wem Du laufen konntest, wenn Du Hilfe brauchtest. Ich spürte, daß Dein Kopf voller Tagträume war, und ich war froh, daß Du Zeit hattest, ihnen nachzuhängen. Du wußtest, welche Möglichkeiten jeder neue Tag mit sich brachte, und Du kanntest die tägliche Routine, die die Zeit unterteilte. Deine Haut wurde braun von der Sonne und dem Wind, und Dein Haar verblaßte wie helles Stroh. Ich liebte Dich so sehr.

Aber Du warst Dir auch der Risse bewußt, die sich in diesem rosaroten Bild auftaten. Die angespannte Stimmung zwischen Deinen Eltern entging Dir nicht, und die Tatsache, daß die unbeschwerte Zeit bald ein Ende haben könnte, machte Dir angst.

Ich bemerkte, wie Du unruhig wurdest, wie Du uns

ständig beobachtetest. Gelegentlich spürte ich, daß Du mir mißmutig nachsahst; manchmal klammertest Du Dich an mich wie eine traurige Klette. Ich fragte mich, warum Du, da es doch so viele interessante Plätze zu entdecken gab, so häufig teilnahmslos in meiner Nähe herumlungern mußtest? Warum plaziertest Du Dich wie ein unverrückbarer Keil zwischen mich und alles, was ich tun wollte? Warum konntest Du, der Du so viel Platz hattest, mir nicht auch ein wenig Freiraum lassen? Du warst dauernd um mich herum, bis ich mich aufrichtete, mir eine schweißfeuchte Haarsträhne aus dem Gesicht strich und all das Unkraut, das ich im Arm hielt, fallen ließ.

»Hallo, Tom.«

»Was machst du da?«

»Ich jäte Unkraut. Das siehst du doch. Was willst du?« Ich blickte in Dein kleines, kummervolles Gesicht und versuchte krampfhaft, meine Stimme nicht gereizt klingen zu lassen.

»Spielst du ein Spiel mit mir?«

Die gefürchtete Frage. Ich hatte Dich auf der Schaukel angestoßen, Dir Geschichten vorgelesen und aus Knetmasse Deine Tiere geformt. Ich hatte mit Dir zusammen Bilderbücher angesehen, war mit Dir spazierengegangen und hatte Dir das Lesen beigebracht. Ich hatte mir mit Dir Zeichentrickfilme angeschaut, mich im Kleiderschrank versteckt und war auf dem Trampolin herumgehüpft. Jetzt wollte ich ein wenig Zeit für mich haben.

»Nein. Nicht jetzt.«

»Warum nicht?«

»Weil ich jetzt hier weitermachen möchte.«

Du warst ein hartnäckiges Kind und ließest Dich nicht so leicht abwimmeln. »Kann ich dir helfen?«

Wir wußten beide, was das bedeutete. Aber ich, die ich

ständig Schuldgefühle hatte wegen der vielen Zeit, die ich über meinen Papieren verbrachte, und wegen meiner so häufig abweisenden Haltung, gab normalerweise nach. Mütter, die den ganzen Tag damit verbringen, Chauffeur zu spielen, Lebkuchenmänner zu backen und Kleidungsstücke für Teddys zu nähen, haben ein Recht, nein zu sagen. Ich hatte es nicht.

Also zeigte ich Dir resigniert, was Unkraut und was Gras und Rittersporn war, und schlug vor, daß Du, wie ich, ein kleines Stück um jede Pflanze herum säubertest. Du hocktest Dich neben mich und rissest ein oder vielleicht zwei Grashalme aus der Erde, dann saßest Du nur noch mit heruntergezogenen Mundwinkeln da und starrtest mich an. Widerspenstig. Kritisch. Mit dem festen Willen, mich zum Aufhören zu bewegen, mich von dem abzuhalten, womit ich beschäftigt war. Ich sollte mich ausschließlich Dir widmen.

»Was ist los?«

»Ich will nicht Unkraut jäten. Es ist zu heiß.«

»Was willst du denn tun?«

»Ich will, daß du ein Spiel mit mir spielst.«

»Sieh mal, ich muß nur noch dieses kleine Stück zu Ende machen. Bitte, ich will nur dieses kleine Stückchen Erde säubern und diese wenigen Pflanzen einsetzen, dann komme ich und spiele mit dir. Okay?«

Nein, es war nicht okay. Du bliebst neben mir sitzen und zupftest an den Grashalmen. Der Inbegriff eines kleinen Jungen, um den sich niemand kümmert. Manchmal rollte Dir sogar eine Träne über die Wange. Zu guter Letzt verlor ich entweder die Geduld und schickte Dich fort, damit Du alleine spieltest, oder, was noch schlimmer war, ich gab Deinem Drängen nach und ließ mich widerwillig auf eines dieser nervtötenden Spiele mit Dir ein.

All das geschah, noch bevor die Streitereien begannen. Bevor Du zum Teich ranntest, damit Du unser Geschrei nicht mit anhören mußtest. Bevor Du die Intrigen und Kämpfe spüren konntest, die dazu führen sollten, die Wurzeln aus dem festen Boden Deiner Existenz zu reißen.

Lieber Tom,

unser Leben setzt sich aus vielen kleinen Dingen zusammen – Höflichkeiten, Anerkennung, Erfolgen, Respekt. Ohne diese Dinge können wir nicht leben. Das Ego Deines Vaters wurde aus reichen Quellen genährt, und sein Selbstvertrauen war unerschütterlich. Aber ich, die ich durch seine Arroganz herabgewürdigt wurde, verlor mehr und mehr meinen inneren Halt.

Sommers wie winters trug der »Chef« seine schwarze Aktentasche zur Arbeit und zurück. Auch in den Ferien hatte er sie bei sich. Und wenn er Freunde besuchte. Die Aktentasche war sein Aushängeschild. Sie sollte uns alle stets an seine Bedeutung erinnern. Er definierte sich über sie. Sie war das Symbol seines Status und seiner Überheblichkeit. Selbst wenn wir am Wochenende bei seinen Eltern waren, trug er die Aktentasche bei sich. Wir verbrachten dann dort einen lustigen Abend, an dem er von seiner nächsten Konferenz, seinen krebskranken Kakerlaken und seinen jüngsten Triumphen erzählte. Er hätte auch einmal ein nettes Wort über mich einfließen lassen können. In diesem Vorzeigehaus mit den geschliffenen Gläsern und dem glänzenden Tafelsilber, wo Du und ich in der ständigen Angst lebten, einen Fleck auf das blütenweiße Tischtuch zu machen oder schmutzige Fußspuren auf dem edlen, silbergrauen Auslegeteppich zu hinterlassen, hätte er sie wissen lassen können, daß er irgend etwas von Wert an mir fand, auch wenn sie anderer Meinung waren.

Statt dessen saß ich dort, in einer Zeit, in der ich die letzten Kapitel meiner Dissertation schrieb, war voller Eifer und Begeisterung und durfte all das nicht zum Ausdruck bringen. Es war mir noch nicht einmal gestattet, müde zu sein.

»Sag deiner Mutter doch bitte, daß sie uns morgen früh nicht wecken soll, ja? Ich bin völlig erschöpft von dem ständigen Aufpassen auf Tom und von der Arbeit an meiner Dissertation. Ich möchte nicht, daß sie hereingestürmt kommt und die Gardinen aufreißt, als seien wir im Grundschulalter, verdammt noch mal. Diese schreckliche Hektik, wenn ich noch nicht einmal meine Augen geöffnet habe. Munteres Geplapper um Viertel nach sieben! Das ertrage ich nicht.«

»Das kann doch nicht so schlimm sein, oder?«

»Aber ich möchte mal ausschlafen. Sie klopft ja noch nicht einmal an!«

»Das hat sie noch nie getan. So ist sie nun mal.«

»Dann sag es ihr! Ich will nicht, daß sie sich morgens als erstes auf uns stürzt. Ich möchte in Ruhe gelassen werden. Ich will nicht, daß jemand auf mich einredet, wenn ich noch nicht einmal richtig wach bin!«

»Schau mal, wir sind doch nur drei Tage hier, da lohnt sich der ganze Aufstand überhaupt nicht.«

Ich hatte verstanden. Es interessierte niemanden, daß ich Schlaf nötiger hatte als alles andere in der Welt. Wenn er erschöpft gewesen wäre, dann hätte die Sache anders ausgesehen. Aber meine Arbeit zählte nicht, sie wurde überhaupt nicht registriert. Also wurde ich weiterhin brutal aus dem Schlaf gerissen, und es blieb dabei, daß meine Arbeit mit keiner Silbe erwähnt wurde. Am Spätnachmittag des ersten Tages war ich bereits mit der geschmackvollen Tapete verschmolzen und nicht mehr wahrnehmbar.

Ich fragte mich, ob der »Chef« eine Vorstellung davon hatte, was es bedeutete, Dutzende verschiedener Aufgaben so über den Tag zu verteilen, daß jede Stunde optimal genutzt wurde. Vielleicht kam es ihm ganz gelegen, sich keine Gedanken über die Schwierigkeiten meines Tagesablaufs zu machen: wie ich Dich zum Kindergarten brachte, Deine unablässigen Fragen beantwortete, Dich beruhigte, dafür sorgte, daß Du alles hattest, was Du brauchtest, die tränenreiche Verabschiedung überstand und schließlich schweren Herzens zurückraste, um mich an meine Arbeit zu machen. Mittags arbeitete ich durch, damit ich Dich früher wieder abholen konnte. Mitten im Satz brach ich ab, um wieder zum Kindergarten zu hetzen. Vorher ging es im Eiltempo zum Einkaufen, dann räumte ich zu Hause auf, schrubbte die Toilette und fror den »coq au vin« ein, für den Fall, daß wichtige Besucher kamen. Täglich schwor ich mir, um Punkt halb vier mit Haut und Haaren in meine Mutterrolle zu schlüpfen.

Manchmal, wenn mir eine halbfertige Idee im Kopf herumging, die ich nicht zu Ende denken konnte, weil die Zeit schon wieder drängte, bat ich ihn: »Könntest du Tom morgen abholen, damit ich länger arbeiten kann?« oder: »Kannst du dir vielleicht einen einzigen Nachmittag freinehmen und mir mit dem Gästezimmer helfen?«

(Das »Gästezimmer« läßt sich beliebig ersetzen durch »das Grundstück«, »den Besuch der Schwiegereltern«, »die leere Kühltruhe« oder »meinen Stapel von Computer-Ausdrucken, die ich nicht entziffern kann«.)

»Tut mir leid, das kommt überhaupt nicht in Frage. Nächste Woche habe ich eine Konferenz in Dublin.«

(Für die »Konferenz in Dublin« kann wahlweise eingesetzt werden: »einen Dozenten aus Island zu Besuch«, »einen neuen Dozenten in der Fakultät« oder »eine wichtige Semesterarbeit, die fertiggestellt werden muß«.)

Aber setzen wir die Dinge doch in die richtige Relation: Ich war lediglich eine postgraduierte Studentin; er war ein angesehener Wissenschaftler.

Und die Arbeit des »Chefs« war für ein dreijähriges Kind in der Tat mysteriös und faszinierend. Im Keller des Instituts fand eine Art Peep-Show, eine Theateraufführung, ein Jahrmarkt der Attraktionen statt. Der »Chef« setzte Dich auf seine Schultern, und Ihr beide gingt an den Arbeitstresen vorbei, an den Reagenzgläsern mit feingehacktem Material, den blaugefärbten Zellen, den Kisten voller vertrockneter Kakerlaken, den Kaninchen mit den Albino-Augen und den Studenten mit den Pipetten im Mund. Und während der ganzen Zeit redete der »Chef« ununterbrochen.

Freitags holten wir ihn auf dem Rückweg von Deinem Kindergarten früher ab. Das war sein einziges Zugeständnis. Wir warteten in seinem Büro, während er seine Aktentasche packte und dabei bedeutungsvolle Selbstgespräche führte.

»Also, diesen Brief an den Universitätspräsidenten muß ich neu formulieren, und das Kapitel nehme ich besser mit nach Hause, um es noch einmal zu überarbeiten. Dann ist da noch das Durham-Treffen in der nächsten Woche. Hab ich dir schon erzählt, daß Martin vorhat, einen Vortrag …«

»Ja, das hast du mir bereits erzählt.«

»Guck mal, Daddy«, unterbrachst Du uns, vielleicht weil Du die Spannung zwischen uns spürtest. Du hocktest auf einem Laborstuhl vor einem großen, schweren Rechner, mit dem Du Dich selbstvergessen beschäftigtest.

»Ich habe ›zweitausendzweihundertundfünfzig‹ geschrieben.« Du zeigtest stolz auf die flimmernden roten Zahlen.

»Tüchtiger Junge!« rief der »Chef«. »Die Dinger nennt man Ziffern, weißt du das noch?«

Seine Art, mit Dir zu reden, reizte mich bis aufs Blut. Unser Kind war weder geistig behindert noch taub. Es konnte mittlerweile normal gesprochenem Englisch ohne weiteres folgen. Auch war es nicht nötig, ihm bei jeder Gelegenheit Lektionen in Arithmetik, Wissenschaft und Umweltstudien zu erteilen, da es noch nicht einmal zur Schule ging.

»Können wir jetzt bitte gehen!« fauchte ich. »Ich stehe hier seit fünfzehn Minuten in der Tür, und ich bin ziemlich müde.«

»Dann setz dich um Himmels willen doch hin. Sei doch kein Spielverderber. In einer Minute gehen wir.«

Es dauerte nicht nur eine Minute, es dauerte noch weitere dreißig Minuten. Ihr beiden tipptet weiterhin Zahlen ein, während er Dir pausenlos Vorträge hielt. Falls er – Gott bewahre! – jemals seine Stelle verlieren sollte, könnte er sofort eine Beschäftigung als Sprachlehrer für Papageien finden. Geschlagen stellte ich meinen schweren Einkaufskorb ab und schloß die Augen, denn ich war mit meinen Kräften am Ende.

Noch eine ganze Weile später, auf dem Weg zum Wagen, fühlte ich den sanften Regen auf meinem Gesicht, und mir war zum Heulen zumute. Der »Chef« saß am Steuer. Du warfst, auf der ewigen Suche nach Aufmerksamkeit, das Papier von Zuckerstückchen zwischen uns. Der »Chef« ließ mit einer Hand das Lenkrad los und nahm Deine Gabe verschiedener Nudelsorten und Spaghetti, die Du ihm anbotest, entgegen. Jedesmal, wenn wir an einer Straßenlaterne vorbeifuhren, warf er einen Blick darauf. Er redete in einer Lautstärke, als habe er vergessen, daß er nicht mehr im Hörsaal stand.

»Das ist ja phantastisch! Ich kann sie jetzt nicht so genau erkennen, aber ich werde sie mir ansehen, wenn wir zu Hause sind.«

»Es sind Räder und Muscheln und Spiralen ...«

»Super! Das hast du toll gemacht! Und das hier ist ein Hexagon, nicht wahr? Und das hier mit den fünf Ecken, weißt du, wie man das nennt?«

Und so redetet Ihr weiter. Immer weiter. Die Lichter der Straßenlaternen huschten während der Fahrt über unsere Gesichter. Ich lehnte mein Gesicht gegen das kalte Glas und ließ meinen Tränen freien Lauf. Niemand bemerkte es, denn auch von den Fensterscheiben rannen die dicken Tropfen.

Lieber Tom,

ich versuche, Dir einen wahrheitsgetreuen Bericht über Deine ersten Jahre zu geben. Du warst ein kleiner Junge, die Jahreszeiten wechselten, und ich grub meine Hände im Sommer tief in die Erde. Aber ich kann alles natürlich nur aus meiner Sicht schildern.

Deine frühen Wurzeln reichten tief, und sie waren stark, stark genug, um es auszuhalten, ausgerissen und in neue Erde verpflanzt zu werden. Aber es war nur natürlich, daß Du Dich dagegen sträubtest.

Eines Tages, es war der letzte Tag, den der »Chef« auf einer Konferenz verbrachte, wurde mir klar, daß es so nicht weiterginge. Das klingt, als sei dies eine plötzliche Eingebung gewesen, aber so war es nicht. Es war, als hätte ich ständig durch den Nebel gestarrt und versucht, etwas Bestimmtes zu erkennen, und plötzlich lichtete sich der Dunst, und da lag es vor mir. Klar wie ein Diamant. Ich wachte an jenem Morgen allein in dem Doppelbett auf, und als ich mich auf der freien Hälfte wohlig ausstreckte und mein Mund sich zu einem breiten Lächeln verzog, wurde mir klar, wie glücklich es mich machte, daß der »Chef« nicht da war.

Heute würde es keinen mühsamen Kampf geben, um ihn aus seiner Wochenend-Lethargie zu reißen. Keine mißmutige Gestalt würde auf der Couch hocken, kein schlechtgelaunter Pascha würde sich Kaffee schlürfend hinter seinen Papieren verkriechen. Du und ich würden ihn nicht antreiben müssen, sich fertigzumachen, nicht ungeduldig auf dem Bürgersteig hin und her gehen und finster zuschauen, wie die Sonne schwächer wurde und hinter dem Horizont verschwand. Wir würden nicht stundenlang warten müssen, während er in der Badewanne den New Scientist las.

Heute würden seine lauten Monologe nicht mein Selbstbewußtsein untergraben, und ich würde auch nicht durch seine laute Stimme, die für Hörsäle angemessen war, aber nicht für ein Wohnzimmer, schier erstickt werden. Sein beißender, arroganter Intellekt würde mich nicht überrollen. Ich würde am Eßtisch nicht zu frustrierendem Schweigen verdammt werden, weil er mich ständig korrigierte, meine Sätze zu Ende sprach und mir meine Pointen vermasselte. Ich konnte sagen, was ich wollte, und es war herrlich, meine eigene Stimme wiederzuentdecken.

An jenem Tag fühlte ich mich, als habe jemand die Taue durchtrennt, die mich festgehalten hatten, und mir erlaubt, mich frei treiben zu lassen. Ich spreizte meine Flügel und entdeckte die Leichtigkeit des Seins. Ich wollte nicht, daß er wieder nach Hause kam.

Vielleicht erinnerst Du Dich an diesen Tag, denn ich setzte Dich in Deinen gestreiften Buggy und schob Dich wieder und wieder um den Block, die Straßen hinauf und hinunter, durch den Park und wieder zurück, Stunde um Stunde, und fragte mich, was ich nun tun sollte. Ich war wahrscheinlich für Dich kein guter Unterhalter. Vielleicht bat ich Dich, mich nicht anzusprechen, und gab vor, müde zu sein. Vielleicht antwortete ich Dir einsilbig, während ich im Geiste ganz woanders war. Als Dein Vater wieder auf dem Rückflug war, war ich zu einem Entschluß gekommen.

Ich schob Dich immer weiter, Kilometer um Kilometer, und während Du mit Deinen nackten Beinen strampeltest und Blätter aus den Hecken rissest, versuchte ich, alles in einem anderen Licht zu sehen, aber ich konnte es nicht. Ich schob Deinen Buggy vor mir her, die Räder drehten und drehten sich, und ich dachte über Deine Kindheit nach und über den langen Weg, den ich zurückgelegt hatte. Ich hatte mich verändert, war reifer und klüger geworden, während der »Chef« stets derselbe geblieben war.

Ich wußte, daß ich am Ende einer Reise angekommen war. Ich wußte, daß ich mein Leben so nicht länger ertragen konnte. Ich fragte mich, ob ich schnell zurücklaufen, unsere Sachen packen und verschwinden sollte, bevor er nach Hause kam, weil ich ihn nicht mehr in demselben Haus, demselben Bett, demselben Raum ertragen wollte. Ich erinnere mich daran, daß ich mich auf den Bordstein setzte und den Kopf in die Hände stützte.

Du fragtest: »Was ist los, Mami?«, und ich konnte es Dir nicht sagen.

Wenn ich ging, dann mußte ich Dich mitnehmen, denn ich war es, die sich um Dich kümmerte. Ich glaubte, ich sei diejenige, die Du am meisten brauchtest. Die Möglichkeit, Dich zurückzulassen, gab es nicht.

Damals, als Du drei Jahre alt warst, konnte ich nicht ohne Dich leben.

Nach zwei weiteren Runden um den Block hatte ich einen Entschluß gefaßt. Ich mußte darüber nachdenken. Einen Plan entwerfen. Statt einfach wegzulaufen, mußte ich vernünftig vorgehen, mit ehrlichen Erklärungen und zivilisierten Entscheidungen.

An der Oberfläche sollte Dein Leben weiterhin ungestört verlaufen, während der »Chef« und ich über unsere Zukunft entschieden.

Aber so funktionierte es natürlich nicht. Die Gefühle brodelten, und es war unmöglich, meine und seine Wut vor Dir zu verbergen. Wenn wir zu schreien anfingen, liefst Du weg, um Dich zu verstecken. Du ranntest nach draußen und hieltest Dir die Ohren zu. Einmal, nachdem wir einander schändliche Beleidigungen an den Kopf und Teller durch die Gegend geworfen hatten, ging ich nach oben und fand Dich regungslos zu Füßen Deines Bettes am Boden kauernd. Du sahst aus wie ein Tier, das im Scheinwerferlicht eines Wagens erstarrt ist.

Ich weiß, daß das alles schrecklich für Dich war.

Als schließlich die Entscheidung gefallen war, warst du kalt und passiv, entschlossen, Dich niemals in diesen Kampf hineinziehen zu lassen. Wieviel stillen Protest und wieviel Stärke ein Vierjähriger ausstrahlen kann! Eines Tages verstaute ich Dich, meine Pflanzen und meine Nähmaschine im Wagen und fuhr für immer davon. Du saßest auf der Rückbank, eingezwängt zwischen dem Bettzeug und den roten Geranien. Da ich mit dem wertvollsten Besitz Deines Vaters davonfuhr, wäre es kaum angebracht gewesen, noch mehr mitzunehmen. Ich ließ fast alles in dem

Haus zurück. Ich beobachtete Dich während der ganzen Fahrt nach Bristol im Rückspiegel, Dein goldenes, seidiges Haar, das wie eine Puddingschüssel auf Deinem Kopf thronte, und Deinen Gesichtsausdruck, in dem sich nichts als Mißmut spiegelte.

Teil zwei

Alleinstehende Mutter, alleinstehender Sohn

Lieber Tom,

wir fanden es beide sehr, sehr hart, in Evas Haus in Bristol zu leben. Wir benutzten denselben Eingang wie sie, mußten über ihre Treppe hinauf zu unseren Räumen gehen und fühlten uns dabei wie Fliegen, die in einem Netz gefangen sind. Unter uns lauschte die einsame Spinne von Hausvermieterin auf unsere Schritte, überwachte unser Kommen und Gehen und stellte zu ihrem Vergnügen alleinstehenden Müttern mit schweren Einkaufstaschen oder Stapeln von Computerausdrucken und kleinen, von einem langen Tag erschöpften Kindern eine Falle. Wir versuchten, durch den Flur zu schleichen, aber die Sohlen unserer Schuhe kratzten auf dem gerippten Fußbodenbelag; wir bemühten uns, die Treppe lautlos hinaufzuschleichen, aber das Knarren der Stufen verriet uns. Sie wartete auf uns, darauf, daß sich der Schlüssel im Schloß der Eingangstür drehte. Sie wollte eine Freundin, aber ich, eine überforderte, alleinerziehende Mutter, wollte nur meine Ruhe haben.

Wenn ich den Abhang hinaufging, traf ich sie. Den Abhang hinauf zu den Läden und dem Waschsalon und dem Park, wo Du gern spielen wolltest. Den Abhang hinauf mit

Armen, die, am Ende des Tages mit Taschen beladen, immer länger zu werden schienen. Den Abhang hinauf gegen Deinen Groll und gegen Dein Unglücklichsein.

Wenn ich um vier, fünf oder sechs Uhr nach Hause kam, lehnte ich meine Einkaufstüten gegen das Treppengeländer, während Eva munter von ihrem Tag erzählte, heilfroh, jemanden gefunden zu haben, mit dem sie sich unterhalten konnte. Ich kämpfte mich langsam Stufe für Stufe nach oben und schob die Tragetaschen oder Berge feuchter Wäsche auf dem Treppengeländer vor mir her. Manchmal brauchten wir zehn Minuten, manchmal sogar zwanzig, um in unsere Wohnung zu gelangen. Du seufztest lang und herzzerreißend, blinzeltest und warfst mir verzweifelte Blicke zu, mit denen Du mich dazu bewegen wolltest, den Mut oder die Ehrlichkeit zum Protest aufzubringen. Ich bemühte mich verzweifelt, es Euch beiden recht zu machen. Abwechselnd brachte ich ein Lächeln für sie zustande, dann einen besorgten Blick und ein Schulterklopfen für Dich. Was hätte ich sonst tun können? Von dem Geschwätz ganz erschlagen, rolltest Du Dich wie ein Embryo auf einer der Stufen zusammen, und Dein goldenes Haar hing zwischen den Geländerpfeilern hindurch. Oft, sehr oft beklagtest Du Dich, daß ihr Gerede alles aus Deinem Kopf vertrieben hätte, was Du mir erzählen wolltest. Und am Ende, wenn sie gegangen war und ich meine Taschen abgestellt hatte und bereit war, Dir zuzuhören, warst Du verstockt und schweigsam.

Aber selbst in unserer Wohnung, hinter der verschlossenen Tür, waren wir nicht sicher vor ihr. Essensgerüche – nach Knoblauch, Zwiebeln und Ingwer – kündigten das unvermeidliche Klopfen an unserer Tür an und eine Einladung, die man nicht ablehnen konnte. »Ich habe eine herrliche Möhren-Koriander-Suppe gemacht. Möchtet ihr beide nicht herunterkommen und mit mir essen? Oder soll ich euch etwas in einen Topf füllen? Ich kann es euch nach oben bringen, wenn euch das lieber ist. Die Suppe wird euch guttun. Du siehst blaß aus, meine Liebe. Und du bist viel zu dünn.«

Natürlich war ich dünn. Die meisten Mahlzeiten ließ ich ausfallen oder schlang sie herunter, weil die Zeit wieder einmal knapp war; ich bemühte mich verzweifelt, Dir am Ende eines Tages noch etwas zu geben, obwohl meine Reserven längst verbraucht waren. Ich schob Dich auf Deinem Fahrrad durch die Straßen, hüpfte mit Dir durch den Park und schwamm mit Dir im Pool herum, obwohl ich nichts weiter wollte, als meine Augen zu schließen und auszuruhen.

Und natürlich war ich blaß. Ich war blaß, weil mein Leben wie eine Kerze war, die an beiden Enden brannte, und weil niemand da war, der mir etwas von meiner Last abnahm. Ich war blaß, weil ich Dir zuliebe so tat, als sähe ich mir gerne »Mr. Men« und »Jimbo« im Fernsehen an, während ich mir den Kopf zerbrach, wie unser Leben weitergehen sollte. Ich war blaß wegen der Anstrengung, mit einem schwierigen Kind ruhig, ausgeglichen und freundlich umzugehen, denn ich hatte das Recht, schlecht gelaunt zu sein, bereits verwirkt. Ich war blaß, weil ich allein meinen neuen Job bewältigen mußte und gleichzeitig einen kleinen Jungen aufzog, den ich, was auch immer ich tat, nie zufriedenstellen konnte und der auch noch den letzten Rest an Energie aus mir heraussaugte. Ich war blaß, weil ich überhaupt keine Zeit und keinen Raum für mich allein hatte. Ich war blaß, weil ich wußte, daß ich Dich unglücklich gemacht hatte.

Ich haßte die Wohnung mit ihrer kalten Nordlage, und Dir ging es ebenso. Die Aussicht aus den hohen Fenstern auf Dächer und Regenrinnen hatte den Blick auf den Teich und die Füchse ersetzt. Anstelle des früheren Durcheinanders von Spielsachen und Malbüchern gab es jetzt ein einziges, dunkles Bücherregal, das ich mit Spielen und Büchern bestückte, die Du jedoch nicht anrührtest. Du schliefst nicht mehr in Deinem gemütlichen Kojenbett, sondern auf einem schweren, alten Diwan. Es gab keine Sonne, keinen Wind und keine Freiheit mehr, sondern nur noch elektrische Heizgeräte und abgrundtiefe Seufzer. Ich tat mein Bestes. Ich strich die schlammfarbenen Wände Deines Zimmers hellgelb, um zumindest die Illusion von Sonnenlicht herzustellen, und ich hängte Poster mit Füchsen um Dein Bett herum auf. Aber ein Blick auf Dein Gesicht zur Schlafenszeit ernüchterte mich: All diese Dinge waren kein Ersatz für das, wonach Du Dich wirklich sehntest.

Eine Woche war wie die andere. Beide waren wir morgens verschlafen und still; wir wußten, was Dir in Deinem Kindergarten und mir an meinem Arbeitsplatz bevorstand. Du schütztest Dich, indem Du Dich in Deine eigene Gedankenwelt und in Deine Träume zurückzogst und wie ein Schlafwandler meine eiligen Routinehandlungen über Dich ergehen ließest.

Meine Arbeit war öde und staubtrocken. In einem finsteren Raum im obersten Stock eines düsteren Gebäudes hoch oben über dem Straßenverkehr dechiffrierte ich die Einstanzungen in gelben Lochkarten. Der Raum war bis zur Decke mit Computerausdrucken gefüllt, und ich hatte das Gefühl, daß ich allmählich unter den Papierbergen verschwand. Ich häufte die fertigen Lochkarten von einer Ekke in die andere. Meistens fragte ich mich, was ich dort überhaupt tat.

Du hattest es Gott sei Dank besser getroffen. Hinter

dem Willkommens-Schild über der Tür zu Deiner Vorschule gab es fröhliche Gesichter, bunte Farben und Gelächter. Dort säten die Kinder Kresse, backten Brot und kümmerten sich um ihre Hamster. Der Hort lag am anderen Ende der Stadt. Dazwischen waren der Berufsverkehr, die Auspuffgase, rücksichtslose Autofahrer und verstopfte Kreuzungen. Der Weg dorthin war ziemlich weit, aber ich wollte Dich nirgendwo anders unterbringen.

Doch selbst dort fiel es Dir schwer, Dich einzugewöhnen. Am ersten Tag, und auch an allen weiteren Tagen während des ersten Jahres, schlangst Du Arme und Beine um mich, so daß ich Dich nicht los wurde. Mrs. May löste Deinen Klammergriff und trennte uns sanft voneinander. Sie bedeutete mir zu gehen, während sie Dich in die Arme nahm und geduldig mit Dir sprach, bis Deine Panik sich legte. Sie kümmerte sich um Dich, bis Du aufhörtest, Dich zu sträuben, und es zuließest, Dich von einer Geschichte oder den Spielzeugautos oder den Bohnen, die eingepflanzt werden sollten, ablenken zu lassen. Jeden Morgen nahm sie sich die Zeit, sich mit Deinen Ängsten auseinanderzusetzen. Sie begriff, daß Du Deinen Vater bereits verloren und nun Angst hattest, auch noch die Mutter zu verlieren. Nach der Schule, wenn alle anderen Kinder nach Hause gegangen waren, bliebst Du da und halfst Mrs. May, die Stühle hochzustellen, den Hamster zu füttern und die Spiele für den nächsten Tag herauszuholen. Wenn alles erledigt war, fuhr sie Dich zu meiner Arbeitsstelle, oder sie nahm Dich mit zu sich nach Hause, wo Du ein Glas Saft und Kekse bekamst oder mit ihr und ihrem zotteligen Hund einen Spaziergang im Park machtest. Sie verstand, in welch schwieriger Lage wir uns befanden. Ich weiß nicht, was wir ohne sie getan hätten.

Bei mildem Wetter tobtest Du Dich auf dem Spielplatz

aus, auf dem es ausrangierte Autoreifen, Schwingseile und Trecker aus Holz mit Lenkrädern, die man wirklich bewegen konnte, gab. Auf einem Rasenstück saßen Fred, die Schildkröte, und Sooty, das Kaninchen mit dem samtigen Fell. In der Mitte gab es ein Gewirr aus Röhren, das eine Raumstation darstellte, mit orangefarbenen Leitern und versteckten Kapseln, in denen Du zum Mond und wieder zurück reisen konntest, bevor die Glocke ertönte.

Deine Lehrerin trug eine Halskette aus Holzkugeln, die eines der Kinder für sie gemacht hatte. Sie schenkten ihr Armbänder aus Gänseblümchen, Ringe aus Knetmasse und liebevolle Blicke. Sie war wie eine gute Fee. Die Kinder kämpften darum, ihre Hand halten zu dürfen, auf ihren Knien zu sitzen und ihr klebrige Küsse auf die Wange zu drücken.

Eines Montags morgens warst du völlig hysterisch, weil der »Chef« dagewesen und schon nach kurzer Zeit wieder gegangen war. Du zappeltest wie ein wildes Tier, tratest, bissest und grubst, als Mrs. May Dich festhielt, Deine Nägel tief in ihre Arme. Ich drehte mich um und lief vor Deinem Schluchzen und Schreien davon. Ich fuhr zur Arbeit, aber meine Hände zitterten so sehr, daß ich kaum das Lenkrad halten konnte. Im Rückspiegel sah ich Dein trauriges Gesicht, und in dem Verkehrslärm meinte ich, Deine Schreie hören zu können.

Ich dachte mir Spiele aus, um Dich durch Deine schwierigen Tage zu lotsen. Erinnerst Du Dich an das Kreuzungs-Spiel, das wir auf dem Rückweg von der Schule spielten? Es diente dazu, Dich wenigstens einmal zum Lachen zu bringen. Ich hätte mir besser etwas anderes ausdenken sollen. Mitten in der Stadt, wo der Verkehr sehr schnell floß und die Straßen in einem wirren Durcheinander von Beton unter- und übereinander entlangführten, verlangsamte ich auf der Einfädelungsspur das Tempo, wartete auf eine Lücke in dem fließenden Verkehr und drehte mich dann zu Dir um. Du hocktest schweigsam auf dem Rücksitz.

»Gut, hier mußt du aussteigen. Hinaus mit dir. Wir sehen uns morgen.«

Dein Mund zuckte von einem schwachen Lächeln. Du krochst auf den Boden hinter dem Fahrersitz und wartetest auf den nächsten Zug in diesem Spiel. In diesem Leben, in dem sich alles ständig veränderte, liebtest Du das, was vorhersagbar war.

»Gott sei Dank, jetzt ist er weg. Für heute hatte ich auch wirklich genug von ihm. Jetzt habe ich endlich mal ein bißchen Ruhe und Frieden.«

Auf diese Worte hin krabbeltest Du wieder nach oben. Inzwischen rasten wir über die zweispurige Zubringerstraße, die zum Autobahnkreuz führte.

»O nein!« rief ich erbost. »Du bist ja immer noch da. Hinaus mit dir! Ich habe dir doch gesagt, daß ich genug von dir habe.«

Im Spiegel sah ich, wie Du wieder zwischen den Sitzen untertauchtest. Deine Knie und Ellbogen drückten durch den abgewetzten Bezug des Fahrersitzes in mein Kreuz. Wir fuhren immer weiter über die Überführungsstraße, bis die Autos auf den unteren Straßen wie Ameisen aussahen. Du hieltest den Atem an, als wir über die Schwelle an der obersten Stelle der Straße holperten und dann auf der anderen Seite wieder hinunterbrausten. Du sprangst wieder auf den Sitz, und ich rief Dir erneut voller Ungeduld zu, Du solltest endlich aussteigen. Ich fuhr in Bristol immer zu schnell. Ich war immer zu spät. Immer angespannt. Immer in atemloser Hektik.

Was für ein dämliches Spiel. Was für ein verdammt blödes Spiel für ein vierjähriges Kind. Du hättest mich schließlich auch beim Wort nehmen können. Eines Nachts wachtest Du schreiend auf, weil Du einen Alptraum gehabt hattest, in dem Du tatsächlich aus dem Wagen gesprungen warst und von den Rädern der anderen Autos zerquetscht wurdest, während ich noch nicht einmal Deine Abwesenheit bemerkt hatte. Du erzähltest mir schluchzend, daß ich den Wagen noch nicht einmal angehalten hätte, um zu sehen, ob Du tot oder noch am Leben wärest. Ich sei einfach weitergefahren.

Lieber Tom,

weißt Du noch, daß Du fest davon überzeugt warst, daß in jedem Tunnel, den wir auf dem Weg von und zu Deiner Schule passierten, ein Drache hauste? In Bristol gibt es viele Tunnel. Je größer der Tunnel, desto größer der Drache.

Das war ja auch logisch. Wir drückten auf die Hupe, um den Drachen zu warnen, wir rätselten herum, wo genau sich das Untier in der dunstigen, trüben Dunkelheit versteckt hielt, und wir schlingerten wild hin und her, um seinem feuerspeienden Atem zu entkommen.

Dann, eines Tages, schlingerte ich geradewegs in die verdammte Steinmauer. Wahrscheinlich hatte ich schlecht geschlafen und die halbe Nacht wach gelegen und mir Sorgen gemacht. Um Dich. Ich hätte meine müden Augen auf die Straße richten und Dir sagen müssen, daß es an diesem Tag keine Spielchen geben würde, aber die Drachen lenkten Dich von Deiner Vorschule ab und bewahrten mich vor Deinen Tränen. Die Stoßstange unserer klapprigen »Ente« war in der Mauer verkeilt, und wir waren in der Höhle des Drachen gefangen. Du schriest und kreischtest, begeistert, weil wir jetzt zu spät kommen würden, und tatest so, als hättest Du schreckliche Angst vor dem feuerspeienden Drachen. Ich dagegen war in Panik, daß wir mitten im schlimmsten Berufsverkehr den dunklen, engen Tunnel verstopften.

Jemand mußte den Notruf alarmiert haben, denn die Polizei kam ziemlich schnell und versperrte beide Ausgänge mit Umleitungsschildern. Du freutest Dich diebisch über diese neue Variante in unserem Spiel und erzähltest dem Polizeibeamten tatsächlich, daß wir einem Drachen hätten ausweichen müssen. Er fand das nicht sonderlich lustig, zückte seinen Bleistift und sagte Dir, Du sollest lieber Deine Mutter den Unfallhergang schildern lassen. Du warfst mir bitterböse Blicke zu, als ich berichtete, der Wagen müsse auf einem Stück nasser Fahrbahn ins Schleudern geraten sein. Es tut mir leid, daß ich nicht ehrlich war. Ich enttäuschte Dich. Aber Du mußtest lernen, daß vielbeschäftigte Polizisten nichts von feurigen Drachen hören wollen, die in den Tunneln von Bristol ihr Unwesen treiben.

Meine Nerven waren während der ganzen Zeit, die wir in Evas Haus wohnten, aufs äußerste gespannt. In neun Monaten hatte ich drei Autounfälle. Gott sei Dank wurde jedesmal nur der Wagen beschädigt.

Eines schrecklichen Morgens, als ich wieder einmal in Hektik war und Du Dich wieder einmal an mich klammertest, obwohl ich dringend zur Arbeit mußte, mußte ich Dich Evas Treppe mit Gewalt hinunterschleifen. Du setztest Dich mürrisch ins Auto und hingst Deinem morgendlichen Katzenjammer nach, während der Regen gegen die Windschutzscheibe peitschte. An diesem Morgen gab der Motor nur noch ein würgendes Röcheln von sich und verstummte dann endgültig. Für Dich war es eine amüsante

Ablenkung, eine willkommene Verzögerung. Seit Wochen warst Du zum ersten Mal wieder fröhlich, sangst lustige Liedchen und Beschwörungsformeln, die an den Motor gerichtet waren. Aber ich war in dieser Woche bereits dreimal zu spät zur Arbeit gekommen, und mir sank der Mut. Ich war müde. Ich war außer mir. Immer wieder trat ich das Gaspedal durch und versuchte, durch bloße Willensanstrengung das verdammte Ding zum Anspringen zu bewegen.

»Sei still!« rief ich Dir zu. »Halt jetzt den Mund! Ich höre doch nichts!«

Verbissen sangst Du weiter, plärrtest den Refrain immer wieder laut heraus und machtest dadurch alles noch schlimmer.

»Okay, raus mit dir. Los, raus mit dir. Hilf mir, den Wagen rückwärts den Berg hinaufzuschieben. Ich muß versuchen, ihn beim Anrollen anspringen zu lassen.«

Du krabbeltest widerwillig hinaus in den Regen. Aber wir konnten das Auto keinen Zentimeter von der Stelle bewegen.

Die Tropfen liefen mir in den Nacken, durchweichten meine dünnen Handschuhe und drangen durch die Löcher in den Sohlen meiner Stiefel. Drei Jungen auf dem Schulweg kamen vorbei und wurden sofort von mir eingespannt. Wir wuchteten den Wagen die Steigung hinauf, die Schultern gegen den Kofferraumdeckel gestemmt. »Okay, jetzt paßt auf. Ich werde versuchen, ihn anspringen zu lassen. Geh beiseite, Tom! Bleib aus dem Weg.«

Ich rannte ein paar Meter neben dem Wagen her und hielt mich an der offenen Tür fest, aber der Wagen wurde immer schneller, und ich kam nicht mehr mit. Ich versuchte, auf den Fahrersitz zu springen, und wurde schließlich in einem wilden Galopp bergabwärts geschleift. Ich hatte

Glück, daß ich schließlich nach hinten gegen den Bordstein geschleudert wurde und nicht unter die Räder kam. Drei Jungen in Schuluniform und ein kleiner Kindergartenjunge feixten und johlten, während eine durchnäßte, hysterische und weinende Frau hinter einem wegrollenden Auto den Hügel hinabrannte. Ich sah, wie der Wagen in eine Mauer krachte. Ein Wrack, das einem anderen Wrack zusah.

Ich lebte auf Messers Schneide. Überreizt und angespannt kämpfte ich gegen Deinen lähmenden Widerstand an. Ich hätte alles getan, beinahe alles, um ein Lächeln auf Dein kleines, weißes Gesicht zu zaubern.

Als Du also eines Tages mit einer Tüte voller Gespenstheuschrecken aus dem Kinderhort kamst, sagte ich nichts. Welche anderen Haustiere hätten wir schließlich an den glänzenden Augen der Spinne vorbeischmuggeln können? Ich hatte den Wagen mehrmals kaputtgefahren, massenhaft Geschirr zerdeppert und fürchtete mich jetzt maßlos vor all jenen lebenden, zerbrechlichen Armen und Beinen, jenen Massen von fleischlosen, abtrennbaren Körperteilen. Langsam und sehr behutsam ließen wir sie von dem Zeitungspapier in Marmeladengläser gleiten, und Du warst zufrieden. Es waren Deine Tiere, und dem größten gabst Du den Namen George. Wochenlang polstertest Du begeistert ihre durchsichtigen Behausungen mit Blättern und feuchten Wattebäuschen aus.

Und dann, eines Tages, brachen sie aus. Die verdammten Viecher mit den vielen Beinen krabbelten aus ihren Gläsern und Baumwoll-Gefängnissen heraus und verteilten sich in meiner Küche. Auf eines trat ich. Zwei lagen im Spülbecken. Ihre Beine lösten sich vom Körper. Trotz Deines Flehens, nicht in Panik zu geraten, wurde ich hysterisch. Ich packte die Wattebäusche, in denen es noch krabbelte, stemmte das Schiebefenster auf und wollte sie alle hinausschütteln. Aber sie rührten sich nicht von der Stelle. Das gab mir den Rest. Du gingst in Deckung, als ich anfing, die Gläser, die Wattebäusche, die Tischdecke und alles, was als Versteck für Gespenstheuschrecken dienen könnte, zu packen und aus dem Fenster zu schleudern. Wir wohnten im zweiten Stock, erinnerst Du Dich? Als die Gläser in sechs Meter Tiefe auf den Betonplatten zerschellten, hoffte ich im stillen, die Schwarze Witwe auch gleich mit umgebracht zu haben.

Armer Tom. Du weintest. Du hocktest unter dem Küchentisch und weintest um Deine Gespenstheuschrecken. Noch Wochen später fanden wir irgendwo die eine oder die andere. Eine krabbelte auf dem obersten Bord herum (Du warst überzeugt, daß es George war), und eine tote lag mit den Beinen nach oben in der Besteckschublade.

Wochenlang schossest Du mir böse Blicke zu und straftest mich mit Deinem wütenden Schweigen.

Lieber Tom,

eines Tages, kurz nach Deinem vierten Geburtstag, kündigte ich Dir an, daß mich ein alter Freund besuchen würde. Ich erklärte Dir, daß es jemand sei, den ich sehr lange nicht gesehen hätte. Du wußtest sofort Bescheid. Deine Gefühlsantenne registrierte auf der Stelle meine veränderte Stimmung. Du beobachtetest Deine Mutter, die plötzlich mit leuchtenden Augen und rosigen Wangen zwei Treppenstufen auf einmal nahm. Du sahst zu, wie ich mich mit dem Rindfleisch in Rotweinsauce abmühte. Als ich Dir sagte, Du sollest Dich beeilen und Deine Fischstäbchen aufessen, legtest Du in stillem Protest Deine Gabel nieder.

Mit wachsamen Augen hocktest Du Dich schweigend auf den Badewannenrand, während ich in eine Seidenbluse schlüpfte und meine Augen kohlschwarz umrandete. Aufmerksam sahst Du zu, wie ich mein langes Haar löste und schüttelte. Du nahmst mein schweres Parfüm wahr, meine übermütige Hoffnung, meine Aufregung. Vielleicht sahst Du, daß ich mich verwandelte, daß ich die verhärmte, alleinerziehende Mutter übermalte und wieder zu einer Frau wurde. Vielleicht hast Du geahnt, daß dieser Mann, auf den ich mit zitternden Händen und strahlenden Augen wartete, nicht nur ein gewöhnlicher Besucher war. Ich glaube, Du spürtest schon, bevor er kam, daß er eine Bedrohung bedeutete. Schweigend saßest Du da, beobachtetest mich mit prüfenden Blicken und stelltest Dich innerlich auf den Kampf ein.

Als es an der Tür klingelte, sprang ich auf. Ich fauchte Dich an, Du sollest da sitzen bleiben, wo Du warst. Ich sagte Dir, ich wolle die Tür allein öffnen. Ich wollte ihm unbedingt allein gegenüberstehen. Aber Du folgtest mir zum Treppenabsatz und stecktest den Kopf durch das Geländer, damit Du keine Sekunde des Schauspiels verpaßtest. Du sahst, wie ich vor Nervosität stolperte und ungeschickt gegen die Wand stieß, als ich nach unten eilte. Du sahst, wie ich mit schnellen Schritten und glänzenden Augen über den gerippten Fußbodenbelag rannte. Du sahst, wie ich innehielt, um meine Augen zu schließen und tief durchzuatmen, bevor ich die Haustür öffnete.

Und da stand er auf der Türschwelle, ein riesiger Fremder in einem zerrissenen, schäbigen Anorak. Er umarmte mich herzlich und lange, und schon kamen all die Erinnerungen zurück. Er sah mir in die Augen und knetete mit starken Händen meine verspannten Schultern. Mein Herz klopfte wie wild. Das Blut pulsierte in meinen Adern und schoß in meine Wangen. Ich erinnerte mich. Ich erinnerte mich an Gefühle, die so viele Jahre lang vergraben gewesen waren.

Und plötzlich standest Du neben uns und sahst zu diesem Mann empor, der wie ein Riese auf Dich gewirkt haben muß. Du drängtest Dich zwischen uns, drängtest uns auseinander.

»Und du mußt Tom sein«, sagte Jim, löste sich von mir, beugte sich aufmerksam zu Dir hinab und schüttelte Deine Hand. »Ich freue mich, dich kennenzulernen.«

Da bemerktest Du, daß seine Hände von Öl verschmiert waren und daß er auch auf einer Wange schwarze Ölflekken hatte. Sein Wagen war liegengeblieben.

Er beugte sich wieder zu Dir hinab und fragte: »Hast du vielleicht zufällig ein Stück Schnur, das ich mir ausleihen kann, um den Keilriemen notdürftig zu ersetzen? Kannst du mir dabei helfen?«

Ein schneller Blick auf mein Gesicht, um Dich meiner Zustimmung zu versichern, und schon warst Du verschwunden, um eine Schnur zu suchen. Dann stapftest Du in die Dunkelheit hinaus, in Deinem Anorak und den Gummistiefeln über dem Schlafanzug. Da gingt Ihr beide nebeneinanderher, Du mit nach oben ausgestrecktem Arm, um die Hand des Fremden zu erreichen.

So begrüßtest Du den lustigen Typen, der in dieser Nacht aus dem Blauen heraus aufgetaucht war. Von Eurem ersten gemeinsamen Ausflug kamst Du zurück mit Händen, die genauso schwarz waren wie seine, und einem Lächeln, das von einem Ohr zum anderen reichte.

»Sein Auto ist total kaputt!« flüstertest Du, als ich die Schmiere aus Deinem Pony wischte und Dich drängte, Dir die Zähne zu putzen. »Es ist noch kaputter als unseres. Viel kaputter. Er hat einen ganz alten Ford Cortina, und der ist völlig verrostet. Eine Tür ist mit Draht festgebunden, und ich mußte die Motorhaube aufhalten, als er den Keilriemen reparierte. Er hat gesagt, er würde ein ziemlich langes Stück Schnur brauchen, um die Kiste wieder zum Laufen zu bringen!« Du kichertest hinter vorgehaltener Hand, eine Geste, die ich seit Ewigkeiten nicht bei Dir gesehen hatte. Ja, anfangs konntest Du den ruhelosen, schlaksigen Fremden akzeptieren, der alte Autos reparierte, Dich in die Luft warf und an einem Bein im Kreise herumschleuderte. Aber wenn Jims Arm sich um die Schultern Deiner Mutter legte oder wenn unsere Blicke sich allzu lange trafen, dann zogst Du Dich besorgt zurück.

Ganz früh am nächsten Morgen schleppte Jim ein Oberbett in den Flur, um ein Nachtlager dort auf dem Fußboden aufzubauen. Das Ganze wirkte nicht sehr überzeugend. Ich trug ihm die Kissen hinterher. Deine Zimmertür war einen Spaltbreit offen, wie immer, und als ich hineinlugte, schliefst Du noch. Zumindest waren Deine Augen geschlossen. Aber ganz kurz darauf, zu schnell, als daß es hätte Zufall sein können, tapptest Du durch den Flur und standest mürrisch und traurig neben meinem Bett. Als ich mich ausstreckte, um Dich zu umarmen, blieben meine Arme leer.

»Was ist los, mein Schatz?« fragte ich.

»Nichts«, antwortetest Du.

In Deinem roten Schlafanzug stelltest Du Dich in feindlicher, schweigender Anklagehaltung an meiner Seite auf. Ich spürte Deine Verwirrung. Ich spürte Deine Angst und wußte nicht, was ich Dir sagen sollte. Beim Frühstück erkanntest Du den Fremden kaum, der am Abend zuvor noch Dein Freund gewesen war.

Lieber Tom,

Du mußt zugeben, daß Jim sich bemüht hat. Er bemühte sich jahrelang. Er baute hohe Hocker, damit Du am Tisch besser sitzen konntest, und zeigte Dir die Schiffe im Hafen von Bristol. Er verschaffte Dir Zugang zu seinem Vorrat an Wissen über Winde, Gezeiten, Strömungen und Boote. Er brachte Dir geduldig die Seemannsknoten bei, bis Du am Ende wahrscheinlich einen ganz tüchtigen Obermaat abgegeben hättest. Ich habe ein Foto, auf dem Du windzerzaust, aber zufrieden neben einem riesigen Haufen aus meersalzzerfressenem Strandgut an einem menschenleeren Sandstrand stehst. Anfangs hattest Du Jims Angebot abgelehnt, mit ihm zusammen eine »Männertour« zu unternehmen. Du sagtest, da draußen in Weston-super-Mare gebe es nur Schlamm und keine richtigen Felsseen, in denen Du nach Meeresgetier suchen könntest. Du zogst die Mundwinkel herab und schütteltest den Kopf. Vielleicht war es die Einladung zu Pommes und gebackenem Fisch und einem Glas Bier, die Dich schließlich dazu bewegte, doch mitzugehen.

Es stürmte in Windstärke elf, und der Wind zauste an Deinen Haaren. Du versuchtest, mit einer orangefarbenen Plastikform Sandburgen zu bauen, aber der Wind heulte den Strand entlang und trieb Dir Sand in die Augen. Plötzlich ging Jim davon und ließ Dich allein, zumindest dachtest Du das. Du erzähltest später, er sei einfach verschwunden. Du dachtest, er habe Dich tatsächlich dort allein zurücklassen wollen.

Aber schließlich tauchte er wieder auf; er rollte ein riesiges, kaputtes Ölfaß vor sich her und trug einige zerbrochene Zaunlatten unter dem Arm. Deine Angst verwandelte sich in ungläubiges Staunen.

Du wischtest Deine Tränen fort und fragtest: »Was willst du damit machen?«

»Was glaubst du denn?« fragte er zurück. Ohne weiter auf Dich einzugehen, stellte er das Faß aufrecht hin und trieb die Zaunlatten mit einem Stein, der bestimmt eine Tonne wog, in den Sand.

»Komm und hilf mir, den Baumstamm hierherzurollen«, sagte er und zog Dich mit sich fort. »Was wir brauchen, ist ein Windschutz.«

Das hatte er also vor. Es stimmt, er steckte voller Überraschungen, aber Du hattest Dich noch nicht an seine Art gewöhnt. Mit Dir an seiner Seite rollte und schob und zerrte Jim das Stück Baumstamm den Strand entlang zu Eurem kleinen Baugerüst. Dann stemmtet Ihr Euch noch einmal gegen den Sturm und marschiertet am Meeressaum entlang, um nach Holz- und rostigen Metallstücken und anderen Gegenständen zu suchen, die von der See angespült worden waren. Ihr konntet Euch kaum unterhalten, denn der Sturm riß die Worte mit sich fort. Ihr arbeitetet den ganzen Morgen, stemmtet Euch gegen den Wind und wart am Ende stolz, glücklich und zufrieden.

»Jetzt können wir Sandburgen bauen«, verkündetest Du nach drei Stunden schweißtreibender Arbeit. »Jetzt sind wir vor dem Wind geschützt.«

Du hocktest Dich erneut mit Deiner orangefarbenen Plastikform auf den Boden, als die ersten Regentropfen dunkle Flecke auf den grauen Sand malten.

»Aber nicht vor dem Regen«, sagte Jim. »Schnell, Tom, stell dich dahin, und laß mich ein Foto von dir und der Sandburg machen, bevor wir patschnaß sind.« Er holte die Kamera aus der Innentasche seines Anoraks hervor und machte einen Schnappschuß von Dir, einem strahlenden kleinen Jungen. Die Schleusen des Himmels öffneten sich, und der Regen peitschte, von Windböen getrieben, in waagerechten Güssen herab, so daß Dir das Haar nach kurzer Zeit in dicken, nassen Strähnen am Kopf klebte. Jim nahm Deine Hand, und Ihr ranntet so schnell, wie Deine kurzen Beine es erlaubten, zur nächsten Kneipe. Ihr aßt Pommes und frittierten Fisch; Deine Wangen brannten vom Wind, und Deine Augen leuchteten.

Doch später, als Ihr wieder zu Hause wart und ich Dich fragte, wie es Dir gefallen habe, sank Deine Laune wieder in den Keller. Du stemmtest Dich in das Sofa und preßtest die Lippen aufeinander, um auf meine fröhlichen Erkundigungen nicht eingehen zu müssen.

Lieber Tom,

wie konnte ich denn auch erwarten, daß Du mit der neuen Situation zurechtkommen würdest? Hoffte ich tatsächlich, Du würdest freudig akzeptieren, daß Dein eigener Vater und sein Ersatz abwechselnd an den Wochenenden auftauchten wie die Regen- und Sonnenscheinmännchen, die aus Großvaters kleinem, altem Wetterhäuschen hervortrudeln?

Donnerstagabends fragtest Du mürrisch: »Wer kommt morgen, mein Daddy oder Jim?«

Auf die Wochenenden mit Deinem Vater folgten mit unerbittlicher Regelmäßigkeit die, an denen Du zwischen Deiner Mutter und dem Mann, der sie Dir wegnehmen wollte, zerrieben wurdest. Aber Jim hätte Dir alles gegeben, wenn Du es nur zugelassen hättest.

Währenddessen waren Jim und ich dabei, die Fäden unserer alten Freundschaft wiederaufzunehmen und langsam neu zu verknüpfen. Nachdem wir uns vor so vielen Jahren getrennt hatten, hatte ich oft von einer langen Reihe von Männern geträumt, die alle an mir vorbeimarschierten. Wie Soldaten wandten sie mir ihre Gesichter zu, wenn sie an mir vorbeikamen, und ich sah sie an. Ich zitterte, fror und war verzweifelt, weil keines der Gesichter seines war. Er war fort, und ich wachte tränenüberströmt auf. Jetzt reichten wenige Tage, vielleicht nur Stunden, bis ich begriffen hatte, daß ich es trotz der langen Zeit, die inzwischen vergangen war, nie geschafft hatte, ihn zu vergessen oder zu ersetzen. Ich zerrte an der Vergangenheit, um sie an die Gegenwart anfügen zu können. Ich konnte darüber mit Dir nicht sprechen. Ich konnte Dir nicht sagen, wie sehr ich mich danach gesehnt hatte, daß dieser Mann, und kein anderer, wieder in meinem Leben auftauchen würde.

Er kam alle zwei Wochen. Er fuhr sechshundert Meilen, um uns seine Energie und seine Liebe zu bringen. Er war hartnäckig. Er war geduldig. Er hörte zu, er half mir und kümmerte sich um uns beide. Er kam mit Flaschen guten Rotweins und starken, verläßlichen Händen, die Autos reparierten und Einkaufstaschen nach Hause trugen. Die er ausstreckte, um mich zu berühren. Um mich zu umarmen. Um meine Hand zu halten. Er stand in Evas Eingangstür mit einem Blick, der mir verriet, wie sehr er sich nach mir sehnte. An diesen Freitagabenden warteten wir sehnsüchtig darauf, daß Du einschliefst. Dann verloren wir uns in unserer alten und neuen Leidenschaft.

Diese Wochenenden erhielten mich aufrecht, Tom. Ich brauchte sie. Die übrigen Tage wurden einfach abgehakt, sie waren unvollständig und leer.

An einem strahlend blauen Morgen, einem von vielen, an denen wir in den schönen Wäldern in der Nähe von Clifton vor neugierigen Blicken Zuflucht suchten, stießen wir auf den Stamm einer Eiche, die quer über unserem

Weg lag, und setzten uns rittlings darauf. Die frühe Morgensonne warf leuchtende Flecken auf das rötliche Unterholz, und in der Luft lag schon ein Hauch von Frühling. Hand in Hand saßen wir dort und gruben unsere Zehen in das Laub. Endlich konnte ich mich wieder an diesen einfachen Dingen freuen!

Du warst zappelig, tratst gegen den Baum und versuchtest, unsere Nähe zu stören.

»Komm mal her«, sagte Jim schließlich kapitulierend. »Ich wette, du schaffst es nicht, auf dem Baum zu balancieren.«

Er hievte Dich auf das eine Ende des Baumstamms und hielt Deinen steifen Körper fest, bis sich schließlich die Andeutung eines Lächelns auf Deinem Gesicht zeigte. Er führte Dich, bis Du die Balance halten konntest, ohne zu schwanken. Dann kam er zu mir zurück und ließ Dich allein dort stehen. Wir hakten unsere Finger ineinander und sprachen leise über unsere Pläne. Ich lehnte meinen Kopf an seine Schulter.

Deine weinerliche Stimme störte unsere Zweisamkeit. Gleich falle ich runter, jammertest Du. Ich blickte zu Dir hinüber und sah mich selbst mit Deinen Augen: eine Mutter, die sich weich und hingebungsvoll an die Schulter eines Fremden lehnte. Ich stellte mir vor, wie es auf Dich wirken mußte, Deine Mutter mit einem anderen Mann so vertraut zusammensitzen zu sehen.

Du schafftest es, einen Augenblick lang zwischen Dir und mir ein völlig ausgeglichenes Machtverhältnis herzustellen. Dein Wille gegen meine Bedürfnisse. Dein Bedürfnis, mich von diesem Mann, der gekommen war, um sich zwischen uns zu stellen, zu entfernen. Du sahst mich an, ich erwiderte Deinen Blick, und unaufhaltsam fingst Du an zu schwanken. Ich sah Deinen Schmerz, aber ich fühlte auch meinen eigenen Widerstand. Meinen Ärger. Ich wußte, daß ich zu Dir gehen sollte, zu meinem verletzten Kind. Wußte, daß ich es nicht tun sollte. Daß ich Deine kindliche emotionale Erpressung ignorieren sollte. Mit unheimlich langsamen Bewegungen wanktest Du von einer Seite zur anderen, und ich sah Dir tatenlos zu, bis Du schließlich kopfüber in einen riesigen Haufen Brennesseln stürztest.

Es war, als hätte jemand bei mir auf einen Knopf gedrückt, und automatisch in die Mutterrolle schlüpfend, rannte ich zu Dir, um Dich zu retten. Mit bemühter Fürsorglichkeit fand ich Sauerampfer und rieb damit die weißen Flecken auf Deinen Händen ein. Ich trocknete Deine Tränen. Hockte in dem feuchten Gras und hielt Dich fest in den Armen. Jim hatte ich den Rücken zugewandt, und dennoch spürte ich mit jeder Faser meines Körpers, daß er in seinen Anorak schlüpfte, seine Hände tief in die Taschen schob und langsam davonging.

Lieber Tom,

in der frühen, kalten Morgendämmerung jener Wochenendtage erwachten wir von dem Knarren der Fußbodendielen: Du rutschtest über den Treppenabsatz auf unser Schlafzimmer zu. Mit eiskalten Füßen und eiskaltem Herzen schobst Du Dich rücklings bis zu unserer Schlafzimmertür und bliebst dort wie ein kleiner Wachtposten sitzen. Und das zu einer unchristlichen Zeit, noch bevor die Vögel zu singen begannen.

»Geh wieder ins Bett«, rief ich, denn ich wußte, daß Du da warst.

»Kann ich reinkommen?« flüstertest Du klagend.

»Nein. Es ist viel zu früh. Geh zurück in dein Bett.«

»Ich will aber nicht in mein Bett zurück.«

Was ich auch sagte oder tat, Du bliebst vor unserer Tür sitzen. Du schlangst die Arme um Deine Knie und wipptest auf dem kratzigen Teppich hin und her. Unsere Tür ging ein Stückchen weiter auf, immer noch ein Stückchen weiter. Ich hielt den Atem an und kniff die Augen fest zu; ich weigerte mich, Dich anzusehen, während mit jedem Herzschlag das Bild eines kleinen, frierenden, jämmerlichen Kindes, das uns beide in dem großen, warmen Bett beobachtete, vor meinem geistigen Auge immer deutlicher wurde.

Aber Jim, der sich genau wie ich schlafend gestellt hatte, hatte genug.

»Verschwinde, Tom!« donnerte er. »Geh weg! Hörst du nicht? Je länger du da draußen hockst, desto länger werden wir schlafen. Es ist viel zu früh.«

Dein Seufzen verwandelte sich in ein Schniefen und das Schniefen in ein Schluchzen, und ein kleiner Junge wälzte sich mit verzerrtem Gesicht und tränennassen Wangen in unser Zimmer. Jim wandte sich von Dir ab und rollte auf seine Seite. Verärgert zog er sich die Decke über den Kopf. Ich hielt Dich fest und rieb Deine kalten Hände und Füße warm, aber war es wirklich das, was Du wolltest? Du wartetest darauf, daß dieser Fremde wieder verschwinden und uns allein lassen würde.

Lieber Tom,

wir machten noch eine Weile so weiter, aber meine Tage waren leer, meine Arbeit stumpfsinnig und die Trennung von Jim schwer zu ertragen. Ich wanderte durch die trostlosen, herbstlichen Straßen Bristols, mit grauem Gesicht, zitternd vor Kälte und der Angst vor einer Entscheidung. Ich wußte, was ich wollte. Während ich durch das welke Laub watete, redete ich mir ein, daß Du mit den Veränderungen, die ich plante, schon fertig werden würdest. Daß ich Dich herumkriegen würde.

Als wir Bristol verließen, hattest Du einen neuen Vater, wir zogen in ein neues Zuhause, und Dein kleines, rundes Gesicht wurde noch eine Nuance blasser.

Wir zogen zurück, ganz nahe zu unseren alten Wurzeln. Die Besuche bei Deinem Vater, auf die in allen Scheidungsratgebern so viel Wert gelegt wird, waren kein Problem mehr. Wir zogen in eine anonyme Straße mit eintönigen Terrassenhäusern; unser Zuhause lag auf halbem Wege zwischen der Vergangenheit und einer Zukunft, die wir noch nicht richtig geplant hatten.

Du wurdest zu einem Kind mit einer Plastik-Einkaufstüte, in der Schlafanzug und Zahnbürste steckten, und Gummistiefel, für den Fall, daß es regnete. Dein Gepäck stand immer im Flur bereit. Dein Spielzeug wurde aufgeteilt, eine Hälfte war in dem einen Haus, die andere in dem anderen. Unser neues Heim war ein vorübergehender Unterschlupf, und wir schlugen keine Wurzeln.

Während der ersten Wochen und Monate bemühten wir uns, fröhlich zu sein. Die Tage vergingen. Wir gewöhnten uns an die neue Umgebung. Du verbrachtest jedes zweite Wochenende mit Deinem Vater, den Rest Deines Lebens mit uns. Nach der Schule nahm ich Dich an die Hand und krabbelte mit Dir durch die Nesseln, durch das Loch im Drahtzaun und nach draußen auf den Weg. Wir gingen den Pfad zwischen unserem Haus und dem Park entlang, bis Du sicher warst, ganz sicher, welches Loch in der Hekke wieder zu uns zurückführte.

Jim bemühte sich weiterhin, Zugang zu Dir zu finden.

Nicht mit verbalen Zudringlichkeiten, wie ich es tat, sondern mit kleinen, simplen Freundschaftsbezeugungen. Eines Samstags kam er mit einem hohen Hocker aus dem Second-hand-shop, weil Du auf einem normalen Stuhl nicht bequem am Eßtisch sitzen konntest. Als er sein Werkzeug hervorholte und damit anfing, den Stuhl Stück für Stück auseinanderzunehmen, gestattetest Du Dir, einen Funken Interesse zu zeigen.

»Was machst du da?« fragtest Du und hocktest Dich für einen Moment neben ihn auf den Boden.

»Ich werde ihn zerhacken, damit wir Kaminholz haben. Er taugt doch sowieso nichts, oder was meinst du?« zog Jim Dich auf, weil er Deine Gedanken erriet.

Du warst unsicher. Du hattest noch nicht gelernt, seine Mimik zu deuten oder seine Neckereien zu erwidern.

»Was machst du da?« wiederholtest Du Deine Frage und krochst noch ein Stück näher an ihn heran.

»Ich dachte, du wolltest einen Hocker haben?«

»Ja, aber warum zerlegst du ihn in lauter kleine Teile?«

»Weil die besser brennen«, sagte Jim, ohne eine Miene zu verziehen. Er sagte nichts weiter, und Du zogst schlechtgelaunt von dannen, um im Haus zu spielen.

Als Du wieder nach draußen kamst, war der Stuhl neu geleimt, mit Sandpapier glattgeschmirgelt und frisch lakkiert.

»Warum ist er mit einem Bindfaden zusammengebunden?« fragtest Du und starrtest ungläubig auf das verwandelte Möbelstück.

»Gefällt dir der Bindfaden nicht? Ich finde, er sieht nett aus. Ich wollte dem Ganzen damit den letzten Schliff geben.«

»Hör nicht auf ihn«, sagte ich, weil ich bemerkte, daß eine Wolke von Zweifeln über Dein Gesicht zog. Ich nahm

Dich in die Arme und drückte Dich an mich. »Der Leim ist noch feucht. Der Bindfaden hält die Stücke nur zusammen, bis alles getrocknet ist. Sieht der Stuhl nicht schön aus?«

»Komm mal her«, rief Jim.

Du ließest es zu, daß er seinen Arm um Deine Schultern legte, während er Dir den Stuhl zeigte.

»Hier Tom, da kannst du sehen, daß es verschiedene Hölzer sind. Der Sitz ist aus Teakholz. Daher kommt die dunkelrote Färbung. Gefällt er dir?«

»Ja«, antwortetest Du.

Der Stuhl gefiel Dir, aber Du befreitest Dich unwillig aus Jims Umarmung. Ihn akzeptiertest Du nicht. Der Sommer ging vorüber. Es wurde September, und an einem nebligen Morgen nahm Jim Dich mit zum Angeln. Ich sah Dir nach, wie Du neben ihm entlanghüpftest, bis Ihr die Straße überquertet und außer Sichtweite wart. Ihr gingt zwischen den Häusern hindurch bis ins offene Feld, über die Erdhügel, durch die Dornenbüsche und das Kälberrohr. Der Fußpfad war kaum erkennbar, so, als würde kein Mensch jemals den kurzen Weg zum Wasser hinuntergehen, und Ihr hinterließt frische Fußspuren in dem nassen Gras.

Der Fluß wurde von einem neu gebauten Damm durchschnitten. Das glitzernde Wasser strömte über die soliden Quader, auf denen Ihr den Fluß überquertet. Auf halbem Wege bliebt Ihr stehen und hieltet einander fest; das eiskalte Strömen des Wassers war bis in die Knochen spürbar.

Nach einer scheinbar sehr langen Zeit gingt Ihr weiter und hieltet an dem letzten Stein vor dem anderen Ufer nach Stichlingen Ausschau. Das Fangen war nicht ganz so einfach, wie Du es Dir vorgestellt hattest. Du hattest geglaubt, sie würden schnurstracks in Dein Netz schwimmen, aber statt dessen schossen die silbrig glitzernden

Schwärme überall herum, nur nicht in der Nähe Deines Netzes. Mit ausgestrecktem Arm jagtest Du hinter den fliehenden Fischen her. Dann zeigte Jim Dir, wie Du es machen solltest, und hielt Dich dabei mit einer Hand am Pullover fest, damit Du nicht ins Wasser fielst.

»Es nützt nichts, das Netz ins Wasser zu senken, wenn sie gerade vorbeigeschwommen sind«, erklärte er Dir ruhig. »Der Trick besteht darin, das Netz hineinzutauchen und ganz still zu halten, bis sie in die Nähe kommen.«

Er zeigte Dir, daß man schweigend und geduldig warten mußte. Mucksmäuschenstill. Die Stichlinge flitzten links und rechts vorbei; Du drehtest blitzschnell Dein Handgelenk und zogst das Netz aus dem Wasser. In dem grünen Gewebe zappelte und wand sich Dein erster Fisch. Du umschlossest ihn mit Deiner kleinen Hand und fühltest seinen glitschigen und geschmeidigen Körper. Du ließest das zappelige, silbrige Ding in den Bierkrug fallen und beobachtetest es dann über den Rand hinweg.

Als Ihr nach Hause kamt, strahltest Du: zwei Fische in einem Bierkrug, rote Flecken auf Deinen blassen Wangen und ein Gesicht, das sich voller Bewunderung zu dem Mann emporwandte, der versuchte, Dein Vater zu sein. So nahe wie in jenen Stunden seid Ihr Euch später nie wieder gekommen.

Lieber Tom,

die Monate vergingen. Du gewöhntest Dich in der neuen Schule ein. Jim fuhr jeden Tag über die Autobahn hundert Meilen zu seiner Universität. Mein Nichtstun und meine Ziellosigkeit gingen mir selbst auf die Nerven, und so begann ich, ein bißchen auf meiner Schreibmaschine herumzuhämmern. In dem finsteren Hinterhof, in dem Vakuum, zu dem mein Leben geworden war, begann ich zu schreiben. Anfangs diente es nur dazu, die Zeit totzuschlagen, aber dann faszinierte es mich, und ich konnte überhaupt nicht mehr aufhören. Es wurde zu einer Notwendigkeit. Zu einem Teil von mir.

Eines Nachmittags hatte ich den Küchentisch nach draußen geschleppt, um in der Herbstsonne sitzen zu können. Es waren nur wenige kostbare Tage übrig, an denen ich im Freien arbeiten konnte. Ich unterbrach meine Arbeit, um Dich von der Schule abzuholen. Ich saß bei Dir, als Du Deine Kekse aßest und Deinen Saft trankst, und dann sagte ich Dir, Du sollest spielen gehen. Es war nicht meine Art, Dich auf diese Weise Dir selbst zu überlassen, aber an diesem Nachmittag sprudelten meine Gedanken, und ich mußte weiterarbeiten. Wenn ich mich nicht beeilte, würde die Quelle versiegen. Aber da standest Du. Du legtest Deine Hand auf den Tisch. Du lehntest Dich gegen mich und wolltest, daß ich aufhörte.

»Warum gehst du nicht auf Entdeckungsreisen? Du kennst doch jetzt den Weg zum Park. Geh doch und spiel eine Weile dort, wenn du willst.«

»Ich will aber nicht.« Du kicktest die losen Steine, die um meinen Stuhl herumlagen, in die Luft.

»Warum denn nicht? Nur so triffst du auch einmal andere Kinder. Komm, mein Schatz. Seit du aus der Schule gekommen bist, hängst du hier herum. Ich finde, du solltest jetzt gehen und mal eine Weile alleine spielen.«

»Dann komm mit.«

Du warst fest entschlossen, mich von der Arbeit abzuhalten. Du ließest Dich nicht abwimmeln, und die unausgesprochenen Sätze zerstoben wie Pflanzensamen im Wind.

»Bitte laß mich jetzt allein, damit ich hiermit weiterkomme. Los. Geh spielen. Und bitte leg diese Jammermiene ab, und setz statt dessen mal ein fröhliches Gesicht auf.«

»Ich habe kein fröhliches Gesicht«, entgegnetest Du ernst.

»Doch, das hast du«, sagte ich.

»Nein. Ich hab es verloren.«

Schließlich trottetest Du den Pfad hinunter. Deine Schuhe versanken, linker Fuß, rechter Fuß, in der tiefen Erde am Ende des Gartens, und dann klettertest Du langsam über den Zaun. Im Zeitlupentempo zogst Du Dich hinauf, dann bliebst Du dort oben eine Ewigkeit hängen, baumeltest fast bewegungslos an einem Ast der Eibe. Schließlich verschwandest Du, nachdem Du Deinen Kopf noch ein letztes Mal rasch in meine Richtung gewandt hattest, durch das Loch in der Hecke. Aber meine Konzentration war dahin. Ich wußte genau, daß ein kleiner Junge über den staubigen Pfad schlurfte und die Erde emporkickte, um gegen all diese Ungerechtigkeit zu protestieren. Ich wußte, daß mein kleiner Sohn nicht auf ein bestimmtes Ziel zuging, sondern hinter der Hecke darauf wartete, daß die Zeit verging. Ich wußte, daß er nach dem Gesicht suchte, das seine Mutter sich gewünscht hatte, und es nicht finden konnte.

Lieber Tom,

nur die Schaukel brachte Dir Frieden und schenkte Dir Deine Tagträume zurück. Erinnerst Du Dich daran? Vom Pfad aus konntest Du erkennen, welche Schaukeln besetzt waren, denn es war wichtig, in der roten, der letzten in der Reihe, zu sitzen. Wenn kein Kind darauf saß, ranntest Du vor mir her auf den Hügel und ließest mich keuchend zurück. Wenn sich in der Zwischenzeit ein anderes Kind auf die Schaukel gesetzt hatte, verlangsamtest Du Deine Schritte, stelltest Dich an den großen glänzenden Pfeiler und wirbeltest um ihn herum, bis Du wieder losrennen und Deine Schaukel in Beschlag nehmen konntest.

Du wolltest so stark wie möglich angestoßen werden. Ich mußte heftiger schubsen als alle anderen Mütter. Du schriest, ich solle Dir mehr und immer noch mehr Schwung geben, bis die Ketten oben in ihrer Halterung ruckten und quietschten.

»Hoch mit dir! Hinauf in die Wolken!« rief ich.

Wenn es nach Dir gegangen wäre, hätte ich Dich stundenlang immer weiter anstoßen können. Hinein in rhythmische Selbstvergessenheit. Du flogst in den Himmel hinauf und ließest das Chaos Deines Leben hinter Dir zurück. Der Luftstrom schnitt meine Stimme ab, und meine ängstlichen Ermahnungen erreichten Dich nicht. Du ließest den Kopf nach hinten fallen, bis Dein gelber Haarschopf fast den Zementboden berührte und das Blau und das Weiß des Himmels miteinander verschmolzen.

Lange nachdem ich aufgehört hatte, Dich anzustoßen, bliebst Du auf der Schaukel sitzen.

»Noch nicht. Noch nicht«, betteltest Du, wenn ich unruhig wurde und Dich zum Aufbruch mahnte.

Auf dem Rückweg schmolz Deine Hochstimmung dahin; Du schlurftest neben mir her und verspanntest Deinen kleinen Körper voller Widerwillen.

Wenig später, auf dem staubigen Pfad, ließest Du meine Hand los. Mir sank der Mut. Ich hatte für Dich ein tapferes Gesicht aufgesetzt, aber innerlich fühlte auch ich mich bedrückt. Immer wieder besiegtest Du mich, brachtest mich zur Verzweiflung. Ich verlor die Hoffnung, Dich jemals auf meine Seite ziehen zu können. Ich fragte Dich, warum Du Dich nicht stärker darum bemühtest, etwas Gutes an Jim zu finden. Ich fragte Dich, warum Du so widerspenstig seist. Ich fragte Dich, warum Du keinen auch noch so winzigen Versuch unternahmst, fröhlich zu sein. Und die ganze Zeit lang wußte ich, daß ich die gute harte Schale, die das Schaukeln Dir verschafft hatte, weghämmerte; ich störte Dein inneres Gleichgewicht, weil ich selbst unruhig und angespannt und verzweifelt war. Du hörtest meine Fragen, die Du schon hundertmal gehört hattest. Während der langen Pausen, in denen ich auf eine Antwort von Dir wartete, konzentriertest Du Dich auf Deine kleinen Füße in den rotblauen Turnschuhen, die gegen die Steine traten und Staub aufwirbelten. Du sagtest kein Wort.

Als wir am Loch in der Hecke angelangt waren, nahm ich Dich bei den Schultern und drehte Dein Gesicht zu mir, so daß Du mich ansehen mußtest.

»Antworte mir«, befahl ich. »Wirst du dich in Zukunft mehr anstrengen?«

Dein Wille, der Wille eines Sechsjährigen, war gewaltig. Du schautest auf und sahst mich mit einem Blick an, der völlige Verweigerung ausdrückte.

Ich konnte nicht anders, als Dich zu schütteln. »Wirst du mir gefälligst antworten! Kannst du mich denn immer nur mit diesen toten Schafsaugen anstarren? Den halben Nachmittag habe ich damit zugebracht, dich aufzuheitern, und alles war umsonst!«

Du sahst hartnäckig durch mich hindurch. Aus Hilflosigkeit gab ich Dir einen harten Schubs.

»Ich geb's auf!«

Du saßest im Dreck. Ich krabbelte durch das Loch in der Hecke und war den Tränen genauso nahe wie Du.

Danach wurde alles noch schlimmer. Eine Mutter und ein Sohn, die einander auch den letzten Rest an Frieden und Glück vereitelten. Mit Deinem ausdruckslosen Gesicht und den nach unten gezogenen Mundwinkeln schafftest Du es immer wieder, mich in einen Zustand bebender Wut zu versetzen. Beim Anblick Deiner schweigsamen Verstocktheit hatte ich das Gefühl, die Kontrolle zu verlieren. Je lauter ich tobte, desto stiller wurdest Du. Ich wollte, daß mir Spielzeug an den Kopf und Beschimpfungen um die Ohren flogen, damit ich Dich anschließend in die Arme nehmen konnte. Aber genau das wußtest Du. Schlauer Tom. Du wußtest, wie Du mich reizen konntest, bis mir die Sicherung durchbrannte.

An einem öden, langweiligen Freitag, als ich unruhig, ängstlich und erschöpft war von Deiner Kälte, machtest Du den verhängnisvollen Fehler, meine Geduld zu überfordern.

Als ich einen schweren Korb voller schmutziger Wäsche die Treppe hinunterbugsierte, folgtest Du mir. Ich füllte meine Zeit mit Routinearbeiten, denn ich konnte nicht an meinem Schreibtisch arbeiten, da Du mir keine Zeit und keinen Raum dafür ließest. Ich konzentrierte mich auf die Hausarbeit, damit meine Energie sich nicht in Wutanfällen oder Tränen Bahn brach.

»Spielst du mit mir?«

»Siehst du nicht, daß ich zu tun habe? Wenn du nicht weißt, was du mit dir anfangen sollst, dann geh und räum dein Zimmer auf. Und mach bloß kein Theater deswegen. Sieh zu, daß du damit fertig wirst, und dann spiele ich mit dir.«

Dies war der Bereich, in dem Deine passive Verweigerung am wirkungsvollsten war, und ich konnte nichts daran ändern. Im Laufe der Jahre hatte ich es mit Versprechungen, Drohungen und Erpressung versucht. Ohne den geringsten Erfolg. Es war wichtig für Dich, auf Deinem Recht zu beharren, so und nicht anders zu leben.

»Räum dein Zimmer jetzt auf«, sagte ich, um einen ruhigen Klang meiner Stimme bemüht.

Du trottetest hin und her, betrachtetest die Lego-Steine, hobst einen einzelnen Bauklotz oder einen Strumpf auf. Dann setztest Du Dich wie ein Buddha auf den Boden und starrtest ins Leere. Ich empfand Deine Verstocktheit als eine undurchdringliche Mauer.

»Räum deinen Mist auf«, sagte ich mit mehr Schärfe. »Los. Das ist doch schnell zu schaffen.«

Wie eine gelähmte Schnecke krochst Du auf ein kleines Häufchen Müll zu und kramtest darin herum.

»Ich habe nicht vor, den ganzen Tag hier stehen zu bleiben«, sagte ich bissig. »So schwierig kann es ja wohl nicht sein. Fang mit den Büchern an. Stell sie zurück ins Regal. Dann tust du die schmutzigen Sachen in den Wäschekorb. Ruf mich, wenn du soweit bist.«

Als ich eine halbe Stunde später zurückkam, fand ich Dich in derselben Sitzhaltung, aber an einer anderen Stelle. Dein Blick war noch immer in weite Ferne gerichtet. Deine Erstarrtheit, Deine Schläfrigkeit, Dein Schweigen forderten mich heraus. In Deinem Gesicht war ein Ausdruck mürrischer Feindseligkeit. Neben Dir lag ein nasser Waschlappen, und ein paar blaue, schmierige Flecken waren auf dem Teppich erkennbar.

»Was tust du da? Was willst du mit dem Waschlappen?«

»Von meiner blauen Schminke ist ein bißchen was auf den Teppich gekommen. Das ist alles. Ich wollte es gerade wegwischen.«

»Aber doch nicht mit dem Waschlappen fürs Gesicht!« erwiderte ich. »Zeig mir den Fleck.«

Als ich genauer hinsah, entdeckte ich, wieviel von dem schmierigen Zeug Du auf die Möbel, in Deine Sachen und an die Wände geschmiert hattest.

»Und aufgeräumt hast du auch kein bißchen! Oder?«

Du sagtest nichts. Du starrtest mich quer durch das Zimmer an und sagtest kein Wort. Und zum ersten, aber nicht zum letzten Mal sagte ich das, was ein Kind wie Du niemals zu hören bekommen sollte.

»Ich habe genug von dir. Von deinem ewig mißmutigen Gesicht. Jim und ich könnten so glücklich sein, wenn du nicht wärst. An unseren Problemen bist ganz allein du schuld. Warum gehst du nicht zu deinem Vater und läßt uns in Ruhe? Darum geht es dir doch. Das ist es doch, was du willst.«

Ich stampfte durch das Zimmer, trat die Farbe noch tiefer in den häßlichen Teppichboden, zerbrach wackelige Gebilde aus Legosteinen und zerriß gemalte Bilder. Du wandtest mir Dein ausdrucksloses, blasses Gesicht zu, und ich schlug zu. Ich schlug auf dieses feuchte Froschkind, diesen kleinen Eiszapfen von einem Jungen ein. Auf mein Kind, das meinem Glück wie ein Betonklotz im Wege stand. Drei-, vielleicht auch viermal hob ich die Hand und schlug auf Deine unglaubliche Sturheit ein. In Deinen Augen standen Tränen, aber Dein Körper blieb schlaff. Deine Selbstbeherrschung war phänomenal. Ich zerrte Dich vom Boden hoch und schüttelte Dich. Ich wollte, daß Du einsahst, was Du anrichtetest. Mit mir. Mit uns. Mit Dir selbst. Ich versuchte, Dich lebendig zu schütteln, damit Du warm und zugänglich würdest. Ich wollte ein Licht in Deiner stumpfen und hilflosen Seele entzünden.

Ich schlug Dich und schüttelte Dich und schleuderte Dich schließlich wie eine Strohpuppe quer durch das Zimmer. Du lagst an der Wand und rührtest Dich nicht. Selbst jetzt reagiertest Du nicht. Du sagtest und tatest nichts. Meine Wut war inzwischen verraucht. Einen Augenblick lang glaubte ich, Du seist tot.

Später trocknete ich Dir zitternd das Gesicht und strich Dir über das feuchte Haar. Aber ich konnte nicht mehr wegstreicheln, was ich getan hatte. Für uns beide war dies ein Wendepunkt. Ich war zu weit gegangen, und Du würdest es weder vergessen noch vergeben. Du würdest es mir für alle Zeiten vorwerfen. Ich würde es mir selbst nie vergeben können.

Am nächsten Tag warst Du wachsam und argwöhnisch und sogar noch ruhiger als sonst. Du schrecktest zurück, wenn ich Dich berühren wollte, und miedest meine flehenden Blicke. Dein Körper zeigte die Spuren meiner Schläge, und ich war über mich selbst entsetzt. Ich weinte. Ich näherte mich Dir mit einer neuen Gelassenheit, aber der Schaden war nicht mehr gutzumachen.

Lieber Tom,

einige Zeit später zogen wir nach Norden über die Grenze, in eine neue Umgebung, zu neuen Arbeitsplätzen und zu einem neuen Anfang.

Für Dich begann ein Jet-set-Leben mit Shuttleflügen zwischen uns und Deinem Vater, mit einem Rucksack auf dem Rücken und einem Walkman um den Hals. Am Ende gelang es Dir, Dich mit der Situation zu arrangieren.

Du gewöhntest Dich an die Altbauwohnung im viktorianischen Stil. Du gewöhntest Dich an das Treppenhaus, den Gemeinschaftsgarten, den Blick auf die Pentland-Berge. Du gewöhntest Dich an Dein Zimmer, das wir rot gestrichen und dessen Wände, die später von der Heavy-metal-Brigade eingenommen wurden, wir mit Postern von Wildkatzen dekoriert hatten. Du gewöhntest Dich an Deinen kurzen Schulweg. An Deinen kleinen Halbbruder. Gewöhntest Dich daran, Mitglied einer Familie zu sein. Dennoch sorgtest Du dafür, daß wir Dir niemals zu nahe kamen. Du sondertest Dich ab, entferntest Dich so weit wie möglich.

Eine Zeitlang war der »Chef« für Dich der Weihnachtsmann, der liebe Gott, der perfekte Vater. Da er Dich nur an Feiertagen und in den Ferien sah, überschüttete er Dich mit Aufmerksamkeit, Freundlichkeit und Geschenken. Aber Deine Freunde waren hier, und mit der Zeit wurden Deine Ausflüge in den Süden immer seltener. Schließlich entferntest Du Dich innerlich immer mehr von ihm. Der »Chef« wurde für Dich zu einer Mischung aus einem entfernten Verwandten und einem alten Freund. Er war nicht länger Dein Vater.

Teil drei:

Jugend

Lieber Tom,

Du schienst über Nacht in die Pubertät gekommen zu sein. An einem Tag warst Du noch ein kleiner Junge, der gerade in die höhere Schule gekommen war, und am nächsten Tag standest Du mit einer Menge dunkler Schamhaare in der Dusche. Du verstecktest Deine Nacktheit hinter verschlossenen Türen und großen Handtüchern. Deine Stimme brach sich und gewann einen tiefen, dunklen Ton, der an den »Chef« erinnerte, und Du gewöhntest Dir diese gebückte, federnde, unnatürliche Gangart an, die Du Dir bei Deinen Heavy-metal-Helden abgeguckt hattest. Du verstecktest Deine schmalen Schultern und Deine Magerheit unter mehreren Lagen schlabberiger, schwarzer T-Shirts und trugst darüber eine geflickte Jeansjacke. Deine dünnen Beine steckten in Bergarbeiter-Stiefeln. Du hattest viele Freunde, die genauso aussahen wie Du, und Rebellion wurde zu Deiner Weltanschauung. Deine Kumpel und Deine Idole predigten das Prinzip schweigsamer Feindseligkeit. Dein Charakter entwickelte und verfestigte sich.

Du verschanztest Dich hinter einer festen Mauer der Ablehnung, einem Gruppenzwang des Übelwollens, und ich hatte keine Ahnung, wie ich diese Mauer durchbrechen konnte.

Dann begann die Zeit, in der Deine Kumpel scharenweise durch das Haus polterten und in Deinem Zimmer verschwanden. Nach und nach trenntest Du dieses Zimmer vom Rest des Hauses, von uns anderen. Aber mein Arbeitszimmer mit der Glastür, das auf dem Weg zur Tabuzone lag, erlaubte mir, einen Blick auf die Scharen vorpubertärer Jünglinge zu werfen, die durch unsere Wohnung stampften. Ungefähr in der achten Klasse traf die Pubertät sie mit aller Kraft, und sie brauchten Stiefel in Größe dreiundvierzig; unsichere, schlaksige Gestalten, die sich noch nicht an ihre Größe und die Breite ihrer Schultern gewöhnt hatten. Von meinem günstigen Aussichtspunkt konnte ich Metallstachel erkennen, die aus Trainingsanzügen in Übergröße herausstachen, klirrenden Punk-Schmuck und das Zubehör der Heavy-metal-Szene oder auch Mädchenbeine in Armeestiefeln. Die jungen Leute, zu denen sie gehörten, verschwanden alle in Deiner schwarzen Höhle. Sie vermieden Augenkontakt. Sie ignorierten mich, da ich ja nur eine Erwachsene war, bis ich schließlich das Gefühl hatte, in meinem eigenen Haus nichts mehr verloren zu haben. Weißt Du noch, wie ich eines Tages in meiner Wut ein Schild »La Concierge« an meine Tür hängte? Gott sei Dank war es bei keinem von ihnen mit dem Französisch besonders weit her.

Jahrelang war ich die inoffizielle Erweiterung Deiner Schulkantine. In unserer Wohnung konntest Du Deine Musik spielen und den Computerbildschirm anbrüllen und Deine Mutter hinter ihrer Glasscheibe, die sich zu konzentrieren versuchte, ignorieren. Ich wappnete mich täglich aufs neue gegen den Lärm, wenn Du und Deine Freunde um Viertel nach zwölf in den Flur stürmten.

Ich beobachtete, wie die Horden quer durch das gemeinschaftliche Terrain in Deine Höhle polterten. Sah die verdutzten Gesichter, als ich anfangs noch meinen Kopf durch Deine Tür steckte und fragte, ob sie vielleicht etwas zu trinken oder zu essen haben wollten. Du schienst zu denken, ich wolle ihnen einen Becher Gift anbieten und nicht eine Tasse Tee, die ihre kleinen, kalten Seelen wärmen sollte. Ich begriff bald, daß ich mit diesem ganzen mütterlichen Getue nicht gut ankam. Das war das letzte, was Du wolltest, eine Posy-Simmons-Mutter mit einem breiten Lächeln und einem Tablett mit Gebäck. Die womöglich so aussah, als wolle sie für Dich sorgen.

Andere Mütter erzählten mir, daß ihre abweisenden Söhne hinter verschlossenen Türen denn doch noch ein wenig Wärme für sie zeigten. Wenn die Kumpel nicht in der Nähe waren, fiel gelegentlich ein liebes Wort oder eine schnelle Umarmung ab. Bisweilen packten sie mit an oder hatten einen liebevollen Ausdruck in ihren großen Kinderaugen. Von Dir jedoch ging keinerlei Wärme aus. Es gab keinen Kontakt, keine Verbindung. Das Fundament unserer Beziehung war zu brüchig.

Du sagtest, ich sei zu streng mit Dir. Ich gäbe Dir nicht die Freiheit, die Du wolltest. Ob ich nicht wüßte, daß all Deine Freunde selbstverständlich bis ein Uhr nachts Ausgang hätten? Andere Mütter trauten ihren vernünftigen Söhnen zu, daß sie, auch lange nachdem der letzte Bus gefahren war, noch ihren Heimweg quer durch die Stadt finden würden. Du müßtest in der ganzen Schule als einziger zu einer bestimmten Uhrzeit zu Hause sein. Nun, unsere Familie hatte ihre Regeln, und dabei blieb es. Aber Du warst fest entschlossen, diese bei jeder Gelegenheit zu umgehen.

Damit begann das anhaltende, ermüdende und immer

mehr ausufernde Spiel, die Zeit Deines Heimkommens immer weiter hinauszuzögern. Ganz gleich, wann Du zu Hause sein solltest, Du warst niemals pünktlich. Niemals. Du kamst genau zehn oder fünfzehn Minuten nach der vereinbarten Zeit. Und so wurde es nach und nach unmöglich, die Regel zu lockern. Die Folge war eine regelrechte Schlacht.

»Wenn du nicht in der Lage bist, deinen Hintern bis elf Uhr hierher zu bewegen, dann kommst du eben um halb elf nach Hause.«

»Mein Gott, ich war doch letzte Nacht nur zehn Minuten zu spät. Nun regt euch doch nicht schon wieder so auf. Das ist doch blödsinnig. Völlig bekloppt.«

»Halb elf«, wiederholte Jim. »Und wenn du darüber streiten willst, dann eben zehn. Kapiert?!«

Also kamst Du um fünf nach halb elf oder um zwanzig vor elf nach Hause. Und ich lag im Bett und konnte die halbe Nacht vor Ärger nicht schlafen.

Wir blieben hart, und nach vielen Monaten erhöhter Risikobereitschaft mußtest Du Dich vorläufig geschlagen geben. Aber dann ändertest Du Deine Taktik. Das Telefon klingelte zwanzig Minuten vor der Deadline. Im Hintergrund hörte ich laute Musik und Deine bemüht unbekümmerte Stimme.

»Hallo, Mum, kann ich eine kleine Verlängerung haben?«

Ich sah auf meine Uhr – Du schafftest es sowieso nicht mehr rechtzeitig, ob ich nun ja oder nein sagte.

»Alle anderen bleiben bis Mitternacht, und wir haben wirklich eine Menge Spaß. Komm schon!«

»Gut, aber nur ausnahmsweise.«

Aber danach kam jedesmal, wenn Du ausgingst, ein Anruf. Er rückte immer näher an den Zeitpunkt heran, zu dem Du zu Hause sein solltest, und schließlich klingelte das Telefon sogar erst hinterher. Wir lagen nicht mehr wach, weil wir darauf warteten, daß Du nach Hause kamst, sondern weil wir auf das Klingeln lauschten und uns auf die übliche zermürbende Debatte mitten in der Nacht einstellten.

Schließlich triebst Du es, wie üblich, zu weit.

»Mum, ich bin's. Kann ich länger bleiben?«

»Um Himmels willen, Tom, es ist nach Mitternacht! Du solltest bereits vor einer halben Stunde hiersein! Was soll das, jetzt hier anzurufen? Ich habe gerade versucht einzuschlafen!«

»Oh, ich dachte, das wäre in Ordnung. Alle anderen sind auch noch hier. Ich kann sowieso erst kommen, wenn Simons Vater uns abholt. Ich hab den letzten Bus verpaßt.«

»Sag dem Kerl, er soll *jetzt* hier antanzen!« schrie Jim durch die Wand.

Wir lagen wach und diskutierten Dein Verhalten bis in die frühen Morgenstunden. Immer wieder kauten wir ohne Ergebnis dasselbe Thema durch. Du kamst zwei Stunden zu spät nach Hause, mürrisch, reizbar, provokativ, aber am Ende gaben wir nicht nach.

Lieber Tom,

dann war da noch Dein Zimmer. Die Höhle, in die Du Dich zurückzogst. Ein unerschöpfliches Thema für Auseinandersetzungen. Wohlmeinende Freunde hatten mir den Rat gegeben, mich nicht darum zu kümmern. Sie sei Dein Reich. Ich sollte es Dir lassen. Theoretisch stimmte ich dem zu. Aber sie hatten anscheinend keine Vorstellung davon, welcher Müll sich mitten in meiner Wohnung ansammelte. Und es gab Tage, meine »Putzwut«-Tage, wie Du und Dein Bruder Iain sie nannten, diese verflixt kritischen achtundvierzig Stunden, bevor ich meine Periode bekam, in denen ich einen ungewöhnlich heftigen Drang verspürte, das ganze Haus in Ordnung zu bringen. Alles mußte saubergemacht, aufgeräumt, sortiert, auf Hochglanz gebracht werden. An diesen Tagen konnte ich Dein Zimmer nicht ertragen. Ich hätte am liebsten einen riesigen Industriestaubsauger gemietet und den ganzen stinkenden alten Kram weggesaugt. Statt dessen bemühte ich mich krampfhaft, nicht die Nerven zu verlieren, bückte mich hier nach einer Chipstüte oder hob dort einen zertretenen Keks auf und drängte Dich, doch bitte einmal, nur dieses einzige Mal aufzuräumen.

Dann, irgendwann, explodierte ich natürlich. Ich trat in Dein Zimmer, als Du in der Schule warst, und war schokkiert und empört. Ich hatte noch nie etwas so Abscheuliches gesehen. Ich hatte mich nächtelang über Dich aufgeregt und geärgert und litt unter Schlafmangel. Wenn wir uns morgens begegneten, warst Du verbohrt und feindselig, bösartig und verbittert. Und jetzt dies. Mir riß der Geduldsfaden. Ich stieß Deine Tür so gewaltsam auf, daß sie gegen die Wand knallte und der Mörtel auf den Teppich rieselte. Ich schleuderte Deine Sachen wahllos auf den Boden, auf den Computermonitor, sogar aus dem Fenster. Als Du nach Hause kamst, muß sich Dir ein Anblick völliger Verwüstung geboten haben. Aber Du verlorst kein einziges Wort darüber.

Jim dagegen spielte das Aufräumspiel streng nach den Regeln. Er war nicht einverstanden mit meinem inkonsequenten Verhalten und auch nicht mit meinen monatlichen dramatischen Auftritten. Gelegentlich äußerte er sich dazu. »Sorg entweder dafür, daß er den Schweinestall aufräumt, oder laß ihn in Ruhe. Du kannst es nicht einmal so und einmal anders machen. Es liegt an dir, ob du die Energie aufbringen willst, die erforderlich wäre, damit er in einer Umgebung lebt, die deinen Vorstellungen einigermaßen entspricht.«

Er argumentierte in seiner ruhigen, logischen Art, daß Dein Zimmer nicht so wichtig sei. Andere Dinge seien wichtig. »Sein Zimmer ist seine Angelegenheit. Das kann uns egal sein. Was mich stört, ist, daß er sich weigert, für irgend jemanden einen Finger krumm zu machen.« Damit hatte Jim den Nagel auf den Kopf getroffen. Zumindest die Bereitschaft zu helfen sollte erkennbar sein. Ein Zeichen des guten Willens. Der Wunsch, auch etwas zu geben, und nicht nur zu nehmen. Das Übernehmen einiger Alltagspflichten. Andere kauften ein und kochten, machten sauber und saugten Staub, wuschen und bügelten, aber Du konntest noch nicht einmal die wenigen Pflichten, die wir Dir auftrugen, erfüllen. Jim legte sie unmißverständlich fest. Immer wieder. Die Katze zu füttern, das Aquarium zu reinigen, den Mülleimer zu leeren. Das war nicht zuviel verlangt. Nur ein kleiner Beitrag, um uns etwas abzunehmen. Guten Willen zu zeigen. Aber dazu warst Du natürlich nicht bereit. Statt dessen provoziertest Du uns immer wieder mit derselben Masche.

»Tom, du hast den Mülleimer nicht geleert.« Die erste freundliche Erinnerung.

»Tom.« Die zweite Mahnung.

Die dritte Mahnung.

Dann ein lautes Brüllen von Jim.

»Bring den verdammten Mülleimer nach draußen, Tom!«

Und dann kam der berühmte Tag, als Jims Nerven

mehr als sonst strapaziert waren. Er packte den Mülleimer, marschierte mit grimmiger Miene auf Dich zu und entleerte ihn über Deinem Kopf. Päng!

Da saßest Du nun – Spaghetti, Reste von Tomatensauce und einige Pilze hingen in Deinen blonden Haaren. Du blicktest noch nicht einmal von Deinem Comic auf.

Trotz dieser brutalen Methode glaube ich, daß Jim besser mit Dir umgehen konnte als ich. Er hatte recht. Warum regte ich mich pausenlos über Dein Zimmer auf? Es war Deine Angelegenheit. Statt dessen war es wichtig, daß Du wenigstens die elementarsten Aufgaben, die wir Dir übertrugen, erledigtest. Den Geschirrspüler ausräumen. Den verdammten Mülleimer nach draußen bringen. Uns sagen, wohin Du gingst. Pünktlich nach Hause kommen. Wenn Du diese Regeln nicht beachtetest, dann bekamst Du eben den Mülleimer über den Kopf gestülpt. Wenn Du nur die wenigen Regeln, die wir aufgestellt hatten, beachtet hättest, dann wären wir einigermaßen miteinander ausgekommen.

Aber Du mochtest keine Regeln, vor allem dann nicht, wenn sie von Deinen Eltern aufgestellt worden waren. Auch nicht die, die ganz einfach zu befolgen waren. Nun gut, dann wurde es eben ein Schlachtplan, da Du es nicht anders haben wolltest. Und gelegentlich würdest Du Dein Zimmer verwüstet vorfinden, und in Deinen Haaren würden Spaghetti kleben.

Kannst Du nicht sehen, daß die Kämpfe im Grunde deshalb ausbrachen, weil Du Dich weigertest, auch nur das geringste Gefühl zu zeigen? Du warst ständig innerlich unbeteiligt, bei Kleinigkeiten ebenso wie bei echten Katastrophen. Nichts konnte Deinen harten Panzer durchbrechen. Kein Schreien. Kein Schlagen. Ich fragte mich, was Dich überhaupt noch berührte.

Jim war gleichmütiger als ich. Nachdem er sich ein paar Jahre lang bemüht hatte, ignorierte er Dich meistens. Ihr nahmt einander kaum noch wahr. Schiffe, die in der Nacht aneinander vorüberfuhren. Ihr pflegtet so etwas wie eine freundliche Nicht-Beziehung. Ich frage mich, ob Ihr beide vielleicht ganz gut zurechtgekommen wäret, wenn man Euch Euch selbst überlassen hätte. Aber ich nagte noch immer an den alten Knochen herum und versuchte hartnäckig, ein bißchen Wärme und Verbundenheit aus meinem immer kälter werdenden Kind zu saugen.

Lieber Tom,

und dann war da noch dieses verdammte Aquarium. Alles, was wir von Dir verlangten, war, gelegentlich die Scheiben sauberzumachen.

»Die Fische sehen nichts mehr«, verkündete Jim drohend am Eßtisch. Die Unterhaltung zwischen Euch beiden beschränkte sich inzwischen auf das absolut Notwendige. Jim hatte es aufgegeben, dauernd auf Dich einzureden. Du sahst nicht auf und antwortetest auch nicht.

»Hast du gehört?«

»Ja.«

Einige Tage später erinnerte er Dich erneut daran. In den folgenden Wochen zum dritten Mal. Ich wußte, was nun kommen würde. Du würdest nicht eher nachgeben, bis Jim Dich in die Enge getrieben hatte.

»Warum soll ich das denn machen?« murmeltest Du zwischen zusammengebissenen Zähnen.

»Warum solltest du es *nicht* machen?« antwortete ich.

»Warum tut er es denn nicht, verdammt noch mal, wenn es ihn so aufregt?«

»Weil es deine Fische sind und nicht seine.«

Also tupftest Du schließlich das Glas mit einem Topfkratzer ab, ohne einen Finger zuviel zu rühren und ohne Dir vorher die Ärmel hochzukrempeln. Die Scheiben blieben fast so schmierig und fleckig wie zuvor. Du tatest genau das, was uns bis aufs Blut reizte.

Als wir wieder am Essenstisch saßen, fragte Jim Dich: »Nennst du das sauber?«

»Ja.«

»Komm her.«

Du stießest Deinen Stuhl zurück, schlendertest lässig zu ihm hinüber. Warfst Deine blonden Locken nach hinten. Herausfordernd. Mit feindseligem Blick.

»Ich sagte, du sollst das verdammte Aquarium saubermachen. Das heißt nicht, mit deinen Fingern im Wasser herumzuplanschen!«

»Ich habe es saubergemacht ...«

»Erzähl mir keinen Mist. Ich habe gesagt, du sollst es saubermachen! Kapiert?«

Und weil Du Dich wieder und wieder geweigert hattest, die Innenseiten der Scheiben gelegentlich sauberzuwischen, bekamst Du jetzt die schlimmere Arbeit aufgebrummt. Jetzt mußtest Du das ganze Aquarium leeren und blitzsauber schrubben, damit die Fische wieder etwas sehen konnten.

Du haßtest diese Arbeit. Ich weiß nicht, warum. Vielleicht weil Du dafür planen, Dich anstrengen und für mehr als fünf Minuten mit uns denselben Raum teilen mußtest. Vielleicht auch nur, weil sie eine Beschneidung Deiner Freiheit bedeutete. Iain und ich wechselten dann jedesmal verschwörerische Blicke und gingen in Deckung.

Fluchend und in Deinem Stolz verletzt, holtest Du den grünen Gummischlauch und rammtest ein Ende in den

Wasserhahn. Den Tränen nahe und voller Wut, weil Du unfreiwillig etwas tun mußtest, fingst Du die Fische mit einem Sieb ein und ließest sie in den Dampfdrucktopf plumpsen. Du stelltest das Aquarium hochkant auf das Nudelholz und spanntest den Gummischlauch quer durch die Küche. Manchmal warf ich Dir einen verstohlenen Blick zu, weil ich wußte, wie verzweifelt Du warst, und ich Dir wenigstens moralische Unterstützung zukommen lassen wollte. Der grüne Schlauch schlängelte sich durch die ganze Küche, und das Wasser spritzte auf den Fußboden. Auf dem Tisch lagen Kieselsteine, und die Spüle war mit übelriechenden Muscheln verstopft. Und Du kochtest vor Wut über diese Ungerechtigkeit. »Wie soll ich denn bitte mit der einen Hand den Wasserhahn aufdrehen und mit der anderen quer durch die ganze Küche den Schlauch in das verdammte Aquarium halten?«

Dein Gesicht war mit Schlamm und Tränen verschmiert.

Du ließest die Küche mit überschwemmtem Fußboden zurück; das Fischwasser blieb trübe, und die Steine wurden nicht gewendet. Als wolltest Du sagen: Keiner von euch kann mich zwingen. Niemand kann mir seinen Willen aufdrängen. Ihr könnt nichts tun oder sagen, was mich dazu bringen wird, freiwillig etwas für euch zu tun. Ich versuchte es mit freundlichen Worten, aber Du stapftest davon, hinaus aus der Wohnung, und ich konnte, aus Angst vor weiteren Auseinandersetzungen, Deinen Dreck wegmachen und die Feuchtigkeit selbst wegwischen.

Aber eines Tages warst Du einfach zu träge, zu lahm. Jim kam herein, abgespannt und müde von der Arbeit, und sah die halbherzig getane Arbeit, den Dreck, das Durcheinander und die Auflehnung in Deinen Augen. Er sagte nichts. Diesmal gab es keine Ermahnungen und kein »Ich sage es dir jetzt zum letzten Mal!«. Er packte Dich einfach am Kragen und zerrte Dich hinüber zum Aquarium. Er tauchte Deinen Kopf und Deine lange Haarpracht hinein. Deine goldenen Haarsträhnen schwammen wie Algen in dem Wasser, und die Fische schossen in alle Richtungen davon.

»Sieh es dir selbst an. Guck's dir doch selbst mal von innen an. Hast du getan, worum wir dich gebeten haben? Ist es sauber? Meinst du, es ist wirklich sauber?«

Wie bei jeder anderen Gelegenheit, bei der wir Dich um etwas baten, wie bei jedem winzigen Gefallen, den Du uns erweisen solltest, war es für Dich wichtiger, Widerstand zu leisten, als ein einziges Mal das zu tun, was wir verlangten. Du hieltest durch. Jahrelang. Wenn ich jetzt zurückblicke, dann sehe ich Deine Kindheit wie einen schweren Felsen vor mir, den wir den Berg hinaufrollen mußten.

Lieber Tom,

bitte versteh mich doch: Es war das, was Du nicht tatest, was uns zur Verzweiflung brachte. Es war die Art, wie Du uns immer wieder zurückwiesest. Uns auf Distanz hieltest. Es war Deine Gleichgültigkeit. Deine Kälte. Du zeigtest an dem, was wir taten, was uns berührte und Sorgen machte, kein Interesse. Am Schluß warst Du ein Junge, der sich hermetisch vom Rest der Familie absonderte, ein heranwachsendes Kind, das Kost und Logis in Anspruch nahm, aber sonst nichts haben und auch nichts geben wollte. Unsere Familie bestand aus drei Personen, die sich füreinander einsetzten, und einem losgelösten Wesen, das sein eigenes schwieriges, separates Leben führte.

Ein Roboter hätte meine Arbeit ebensogut erledigen

können. Essen auf Rädern und eine Waschmaschine wären Dir wahrscheinlich am liebsten gewesen. Ich wußte nicht, was ich tun sollte. Du wolltest mich nicht. Du wolltest niemanden von uns. Du warst ein totes, gefühlloses Etwas, das sich nur deshalb bei uns aufhielt, weil es so bequemer war.

Wenn ich nach Hause kam, wurde ich von den hämmernden Rhythmen Deiner Musik empfangen. Du hocktest mit drei oder vier Freunden hinter Deiner verschlossenen Zimmertür. Durch die Tür konnte ich hören, wie kameradschaftlich und wohlwollend Du mit Deinen Freunden umgingst, und ich lernte es, mich vorsichtig aus Deinem amputierten Leben herauszuhalten. Einen weiten Bogen zu machen, damit wir uns nicht aus Versehen über den Weg liefen. Wenn wir uns begegneten, hielt ich den Atem an und rechnete damit, nicht wahrgenommen oder giftig angefunkelt zu werden. Ich rechnete mit einer frechen Bemerkung. Oder damit, von Deinen Blicken, die voller Abscheu waren, fertiggemacht zu werden.

»Oh … Hallo, Tom …«

Feindseliges Schweigen. Rhythmisches Fingerschnippen zu lauter Heavy-metal-Musik. Ein Schütteln Deiner langen Haare, und dann machtest Du auf dem Absatz kehrt und warst wieder in Deinem Zimmer verschwunden.

An manchen Tagen, wenn ich wußte, daß Du mit Deinen Freunden in der Wohnung warst, kam ich später nach Hause. Statt mir Eure herausfordernden Mienen ansehen zu müssen, statt das vorsätzliche Ignorieren meiner ungeschickten, zögernden Bemühungen zu ertragen, sah ich mir lieber Geschäfte an oder drehte mit müden Beinen noch eine Runde im Park. Ich wollte nicht nach Hause gehen. Ich wollte nicht auf Glasscherben treten oder vom feindseligen Blick eines fremden Jungen getroffen werden.

Du gabst mir das Gefühl, überflüssig, dumm und ungeschickt zu sein. Wenn Du da warst, konnte ich mich in meinem eigenen Haus nicht mehr entspannen. Ich registrierte genau Deine Anwesenheit, Dein Kommen und Gehen, und ich stieß einen Seufzer der Erleichterung aus, wenn ich hörte, daß die Haustür hinter Dir ins Schloß fiel. Kaltes, kritisches, hartherziges Kind, Deine Gegenwart hat mich bedrückt. Durch die Art, wie Du mich ansahst, durch mich hindurch und an mir vorbei, sprachst Du mir jedes Verdienst als Mutter ab.

Aber meine Muttergefühle hielten mich selbst zu jenem Zeitpunkt noch zum Narren, und ich bildete mir ein, daß Dir ganz tief in Deinem Innern doch etwas an mir läge. Als ich von einer Konferenz in Australien zurückkam, müde von der Zeitverschiebung, mit wackeligen Knien, stolz, daß ich ganz allein so weit gereist war, stand ich benommen vor der Haustür. Sie war verschlossen, also klingelte ich. Ich konnte sicher sein, daß Du zu Hause warst, denn ich hatte vom Flughafen aus angerufen, um Dir zu sagen, daß ich käme. Ich klingelte ein zweites Mal. Dein Gesicht erschien am Erkerfenster und verschwand wieder. Ich winkte. Ich wartete. Ich stand im schneidenden Wind auf der Straße, und niemand machte mir auf. Ich klingelte noch einmal, lange, laut und drängend, und schließlich drücktest Du auf den Summer, damit ich hereinkonnte. Da stand ich nun, in dem dunklen, feuchtkalten Treppenhaus, mit einem riesigen Koffer, einem Rucksack und einer Tüte voller Mitbringsel.

Ich klemmte meinen Fuß in die Eingangstür, drückte erneut auf die Klingel, und als Du wieder den Summer betätigtest, rief ich in die Sprechanlage.

»Die Tür ist bereits auf! Ich bin drinnen. Komm gefälligst herunter und hilf mir!«

Der Gedanke, mich zu begrüßen, war Dir nicht gekommen. Deine Mutter kehrte vom anderen Ende der Welt mit schwerem Gepäck zurück, und Du kamst noch nicht einmal auf die Idee, die Treppe herunterzusteigen und ihr zu helfen. Ich war seit fünf Minuten wieder da, und ich hatte schon wieder sämtliche Stacheln ausgefahren. Mein Herz raste. Du erschienst gähnend auf dem Treppenabsatz, als wäre nichts Besonderes, und Deine nackten Füße steckten in den nicht zugeschnürten Stiefeln.

»Oh, hallo. Du bist zurück?«

»Du hättest auch von selbst auf die Idee kommen können herunterzukommen! Ich habe viel zu schleppen.«

Ich war den Tränen nahe. Ich war Tausende von Kilometern weit entfernt gewesen und hatte Zeit gehabt, alles noch einmal zu überdenken. Ich hatte beschlossen, in Zukunft alles besser zu machen. Aber für Dich war alles beim alten geblieben.

»Na, soviel ist es doch gar nicht.«

Du schnapptest Dir das schwerste Stück und stampftest die Treppen hinauf; ich mußte mit dem Rest irgendwie alleine zurechtkommen.

Meinen Koffer stelltest Du in den Flur. Du hattest es Dir, die Füße auf dem Tisch, auf dem Sofa bequem gemacht. Du sahst mich nicht an. Musik dröhnte aus den Lautsprechern. Auf dem Boden lagen Kassetten, meine Gitarre, Comic-Hefte und schmutzige Teller.

»Ich lerne«, verkündetest Du grinsend. »Am Montag habe ich diese verdammte Prüfung.«

»Stell bitte die Musik leiser. Ich bin seit zwei Tagen und zwei Nächten unterwegs, und ich habe Kopfschmerzen.«

Du tatest widerwillig, worum ich Dich gebeten hatte. Dann ließest Du Dich wieder auf das Sofa fallen, summend, mit gesenktem Kopf. Die Stille war erschreckend.

Schlimmer als die hämmernde Musik. Schließlich sahst Du von Deinem Buch auf und warfst Dein Haar zurück. Fordertest mich heraus, etwas zu sagen.

»So, du warst also fleißig?«

»Eigentlich nicht. Ich habe heute erst angefangen.«

»Es war sehr schön in Australien.«

Es war hoffnungslos. Meine Spontaneität war dahin.

»O ja. Schön, schön.«

Wieder das bleierne Schweigen. Du gähntest, strecktest und kratztest Dich. Dann warfst Du Deine Hefte auf den Boden.

»Mat hat mit Carol Schluß gemacht. Die blöde Ziege.«

»Oh, tatsächlich?«

Mehr gab es nicht zu sagen. Du standest auf, zwängtest Dich in Deine Stiefel und stapftest davon. An mir vorbei. Du ließest mich in meinem eigenen Haus wie eine unerwünschte Fremde dastehen. Eine überflüssige Mutter.

Lieber Tom,

Dein nächster Schachzug erwies sich als der Windstoß, der unser wackeliges Kartenhaus umpusten sollte. Es bedurfte ohnehin nur eines Atemzugs, der geringsten Berührung. Das Gleichgewicht wurde gestört, und diese Familie geriet in ein Chaos.

Du schlugst Jims aufregendes Angebot, im Austausch mit einem amerikanischen Kollegen und seiner Familie einen Monat Ferien in Kalifornien zu machen, aus, weil Du nicht von Deinen Freunde getrennt sein wolltest. Zu meinem Erstaunen lehntest Du es ab, vier Wochen nicht zur Schule gehen zu müssen, vier Wochen auf dem gemütlichen Campus von Stanford Fahrrad und Skateboard zu fahren, vier Wochen in der Sonne zu faulenzen. Ein deutlicher Beweis für die Macht Deiner Clique. Mit Deinen Freunden fühltest Du Dich wohl.

Du kümmertest Dich selbst um Deine Angelegenheiten. Du wolltest bei Mat und seiner nachsichtigen, entgegenkommenden Mutter wohnen.

Mir war nicht wohl dabei, aber ich brauchte den Urlaub, brauchte ihn dringend. Und so flogen wir ohne Dich. Nur wir drei. Insgeheim erleichtert.

Und in dem Haus mit seinen gebohnerten Böden und vielen Badezimmern und Orientteppichen begannen wir langsam, uns zu entspannen. Wir lebten jeden Tag ohne Streß und Ärger, umgeben von Zitronenbäumen, Kolibris und Kamelien.

Ich entdeckte, wie es war, einfach und entspannt dahinzuleben, nicht auf versteckte Tretminen achten zu müssen, nicht ständig auf Glasscherben zu treten, nicht meine eigenen Sätze im stillen proben zu müssen, um bloß nichts Falsches zu sagen; mir nicht auf die Zunge beißen oder mich abkanzeln lassen zu müssen.

Aber irgendwann mußten wir zurück. Ich betrat widerwillig die kalte Wohnung, und dort fand ich das absolute Chaos vor. In der Küche verdorbene Essensreste, Berge von schmutzigem Geschirr. Im Bad zersetzte sich die Seife im abgestandenen Wasser, in der Badewanne waren schwarze Fußspuren. Das Waschbecken war dreckig und die Böden klebrig. Der Staubsauger und mein Fön waren kaputt. Die Speisekammer war leer geräumt, und die Katzen miauten vor Hunger.

Ich forderte Dich auf, dazu Stellung zu nehmen.

»Alles ist verdreckt, Tom! Ich verstehe das nicht. Haben die Leute, die hier gewohnt haben, die Wohnung so zurückgelassen?«

Du zucktest mit den Schultern.

»Ist doch halb so wild. Es ist ein bißchen unaufgeräumt, das ist alles.«

»Es ist ein verdammter Schweinestall!« Ich explodierte. »Ich werde Tage brauchen, um hier sauberzumachen.«

»Ja, ich war ein paarmal hier, wenn sie Ausflüge in den Lake District gemacht haben. Sie waren verdammt unordentlich. Ich mußte sogar ihren blöden Abwasch machen.«

Ich weiß nicht, warum ich Dir glaubte – möglicherweise weil ich von der langen Reise zermürbt war. Du schlurftest davon und schlossest Dich in Deinem Zimmer ein. Du gingst mir aus dem Weg. Ließest mich auf meiner brodelnden Wut sitzen. Ich hatte das Gefühl, vergewaltigt, ausgeraubt worden zu sein. Man hatte meine Wohnung überfallen, sie beschmutzt, mein Vertrauen mißbraucht.

Du hörtest, wie wir am Frühstückstisch pausenlos über die Angelegenheit sprachen. Du sahst, wie ich in Tränen ausbrach, als ich den Dreck wegmachte. Du hörtest, wie ich mich über unsere Gäste empörte und sie verfluchte. Schließlich sahst Du, wie ich mich hinsetzte und einen Brief schrieb, in dem ich diese Frau, in deren Haus ich Patchworkdecken, blühende Veilchen und polierte Buchenholzfußböden bewundert hatte, beschuldigte, mein Haus als Schweinestall zurückgelassen zu haben.

Dann, zehn Tage nach unserer Rückkehr, hatte ich so viel Durchblick, daß ich Dich für das ganze Chaos verantwortlich machte. Mit einem bestürzten Brief aus Stanford in der Hand (Du hattest noch eine zweite Frau zum Weinen gebracht, Tom) warf ich Dir vor, Mats Mutter belogen zu haben, mich belogen zu haben, und das alles – und dies war wohl das schlimmste –, obwohl ich Dich doch von vornherein hätte durchschauen sollen. Ich warf Dir vor, in zwei ansonsten vernünftigen Familien ein emotionales

Chaos ausgelöst zu haben. Ich warf Dir vor, anderer Leute wertvolle Zeit zu verschwenden. Ich warf Dir vor, das letzte bißchen Vertrauen, daß zwischen uns noch übriggeblieben war, zerstört zu haben.

Du nahmst einen Teil der Schuld auf Dich.

»Okay, es sind halt ein paar Freunde abends vorbeigekommen. Wir hätten besser aufräumen sollen. Ich meine, du spielst das Ganze ein bißchen zu sehr hoch, meinst du nicht?«

Langsam stellte sich heraus, was tatsächlich passiert war. Du hättest aufräumen sollen, gewiß, aber das war nur die Spitze des Eisbergs. Du hättest uns die Wahrheit sagen sollen.

Tatsächlich war es so gewesen: Unsere Wohnung war eine Woche lang leer gewesen, und das hattest Du weidlich ausgenutzt. Du und Deine Freunde, Ihr dachtet Euch irgendwelche Storys aus, setztet die schwache andere Mutter unter Druck, überzeugtet sie mit Engelszungen, was für ein Jux es doch wäre, in unserer Abwesenheit in unserer Wohnung eine Fete zu veranstalten. Eure drei Mädchen ersannen ebenfalls ein Netzwerk aus Lügen, so daß sie für die Nacht zur Verfügung standen. Du und Deine Kumpel, Ihr feiertet bis in die frühen Morgenstunden eine wilde Orgie in unserer Wohnung.

Du sahst mich völlig verblüfft an, mein Sohn, als ich Dir die Ereignisse in der Nacht vor unserer Ankunft schilderte. (Geschwätzige Nachbarn sollten niemals unterschätzt werden.) Drei Jungen und drei Mädchen hatten die Nacht in unserer Wohnung verbracht. In einem Brief, einem von den vielen, die ich in der Tasche Deiner schmutzigen Jeans fand, hieß es: »Lieber Tom, das war absolut heiß letzte Nacht!!! Ich hoffe, Mat hat Kate kein Kind gemacht. Aber das ist schließlich ihre Angelegenheit.«

Tom, warum hast Du uns angelogen? Und immer weiter gelogen, als Du Dir schon denken konntest, welche Konsequenzen das haben würde? Hattest Du noch nie von dem Tropfen gehört, der das Faß zum Überlaufen bringen würde?

Lieber Tom,

unfähig, mich mit Dir auseinanderzusetzen, zog ich mich in mein Zimmer, mein eigenes Reich, zurück. Wir gingen einander aus dem Weg. Wir sprachen nicht miteinander. Häufig saß ich in Tränen an meinem Schreibtisch und starrte untätig auf den Bildschirm. Die Tage vergingen, und ich tat nichts. Ich konnte mich nicht konzentrieren. Dann begann ich auf die Tasten zu hämmern und einiges von meiner Wut und meinem Schmerz in Wörter und Sätze zu verwandeln. Ich schrieb um meiner eigenen seelischen Gesundheit willen. Ich schrieb, um mir darüber klarzuwerden, was alles schiefgelaufen war, wo ich versagt hatte. Ich begann, Deine Lebensgeschichte aufzuschreiben. Stunde um Stunde, Tag für Tag, Woche für Woche strömten die Wörter aus mir heraus, und der Schmerz verebbte.

Aber dann, eines Morgens, als ich abgespannt und unausgeschlafen war, startete ich den Computer, und das, was ich in der Nacht zuvor geschrieben hatte, erschien nicht auf dem Bildschirm. Mir wurde heiß und kalt. Ich faßte mir an die Stirn und spürte, wie Panik in mir aufstieg. Bleib ganz ruhig, sagte ich mir. Das ist nicht das erste Mal. Das ist dir schon oft passiert. Bis vor kurzem hatte der Computer, mit dem ich nicht gut zurechtkam, uns noch die einzigen Anlässe gegeben, widerwillig miteinander zu kommunizieren. Wenn er streikte, war ich hilflos. Ich knirschte mit den Zähnen und vertat meine Zeit mit sinnlosen Beschäftigungen, bis Du aus der Schule kamst. Dann pflegte ich mich auf Dich zu stürzen, noch bevor Du richtig hereingekommen warst. Hilf mir, rief ich, und Du schobst mich beiseite und bearbeitest mit Deinen flinken Fingern die Tastatur, bis mein verschwundener Text wieder aufgetaucht war. Du rettetest mich jedesmal, wenn auch mit herablassenden Kommentaren.

Es blieb mir nichts anderes übrig. Selbst in dem Kriegszustand, in dem wir uns befanden, mußte ich meinen Ärger für einen Moment vergessen und Dich überreden, mir zu helfen. Ich wußte, daß ich mich lächerlich machte. Zu diesem Zeitpunkt war es unsensibel und selbstsüchtig, das Schweigen zwischen uns zu brechen, um Dich zu bitten, etwas für mich zu tun. Du warst in Deinem Zimmer. Du hattest schulfrei, weil Du Dich auf Deine Prüfungen vorbereiten solltest – was Du natürlich nicht tatest. Ich klopfte an Deine Tür und sprach zögernd den wirren Haarschopf an, der unter der Bettdecke hervorschaute.

»Tom, kannst du mir bitte helfen? Ich finde meine Datei nicht wieder. Ich kann nicht weitermachen.«

Du grunztest.

»Bitte, Tom. Ich brauche Hilfe. Es tut mir leid, dich darum bitten zu müssen. Würdest du bitte aufstehen und die Sache für mich in Ordnung bringen?«

Ich wartete eine Stunde. Ich machte mir eine Tasse Kaffee. Belud die Waschmaschine. Machte die Betten. Wartete wieder. Ich wußte, daß Du die Nacht zuvor sehr spät nach Hause gekommen warst. Gegen Mittag bewegte sich etwas. Plötzlich standest Du in meiner offenen Tür, riesengroß, und starrtest mich an. Du warst barfuß. Du trugst zerrissene Jeans und ein abscheuliches T-Shirt. Seit Tagen hattest Du Dich nicht rasiert, und Deine Nägel hatten Trauerränder. Das dumpfe Hämmern von Megadeth schallte aus Deinem Zimmer herüber.

»Es tut mir leid, daß ich dich stören mußte. Ich weiß, daß jetzt nicht gerade die beste Zeit dafür ist …«

Du verlagertest Dein Gewicht auf den anderen Fuß. Beobachtetest mich mit einem verhohlenen Grinsen, während ich jammerte und auf Dich einredete. Du sahst zu, wie ich mich unter Deinen Blicken wand wie ein aufgespießtes Insekt.

»Ich habe alles ausprobiert, aber das Verzeichnis ist leer. Du weißt, wie schnell ich bei diesen Dingen in Panik gerate. Hoffentlich ist es nicht abgestürzt!«

Du rührtest Dich nicht von der Stelle.

»Wonach suchst du?«

Das war keine Frage. Eher eine Herausforderung.

»Oh, nach dem, was ich zuletzt geschrieben habe. Ich habe dir davon erzählt. Eine Art Chronik.«

»Also, vielleicht …« Deine Stimme war voller Sarkasmus. Du trommeltest mit der Faust den Rhythmus der Heavy-metal-Klänge gegen den Türrahmen und wackeltest wie ein Küken mit dem Kopf. Du weigertest Dich, meinem verwirrten Blick zu begegnen.

Langsam, ganz langsam dämmerte es mir.

»Sieh mal, Tom, nur so werde ich mit alldem fertig. Ich muß es aufschreiben …«

»Es war ein Haufen Scheiße.«

»Wie bitte?«

»Scheiße. Verleumdungen. Müll.«

»Was weißt du davon! Du kannst dir doch gar kein Urteil darüber erlauben!« Mein Herz setzte einen Schlag aus. Der Blick in Deinen Augen trieb mir das Blut in die Wangen.

»Ich habe es gelesen. Alles. Letzte Nacht. Ich sage dir, es ist absoluter Müll. Es ist eine verdammte, einseitige Version. Es sind Lügen, Mann. Verdammte Lügen.«

»Wie kannst du es wagen! Wie kannst du es wagen, meine privaten Aufzeichnungen zu lesen! Niemand, niemand liest, was ich geschrieben habe. Du wußtest, daß ich noch daran arbeite. Du hattest absolut kein Recht, es zu lesen.«

»Und ob ich das Recht hatte. Ich werde ja wohl wissen dürfen, was du da schreibst. Schließlich handeln diese Lügen von mir.«

Nach allem, was Du getan hattest, in dieser explosiven Situation, in der wir uns befanden, nach all dem Ärger, all dem Kummer hattest Du noch die Stirn, meinen Text zu löschen. Einen Moment lang war ich zu schockiert, um etwas zu sagen, und Du nutztest diese Gelegenheit, um Dich abzuwenden und in Dein Zimmer zurückzugehen.

Ich stieß meinen Stuhl zurück und folgte Dir mit zitternden Knien.

»Und warum kann ich es dann nicht mehr finden?« Meine Stimme zitterte und kam kaum gegen das laute Gedröhne von »Metallica« an.

»Weil ich es gelöscht habe. Es war so widerlich, daß ich die Delete-Taste gedrückt habe.« Du schlugst die Tür zu und drehtest die Musik noch lauter.

»Du hast was? Du hast was getan?«

Ich schrie wie ein altes Fischweib. Ich stand vor Deiner Tür und schlug mit dem Kopf dagegen wie einer Deiner Helden. Ich konnte es nicht fassen, daß Du etwas gelesen hattest, das so privat war. Daß Du etwas zerstört hattest, was mir, mir ganz allein gehörte.

Natürlich hatte ich es nicht auf Diskette gespeichert. Ich hatte in der Nacht so lange gearbeitet und die Nächte zuvor auch, daß ich gar nicht daran gedacht hatte, eine Kopie zu machen. Du wußtest, wie ich normalerweise mit dem Computer umging. Du wußtest es verdammt gut. Vierzig oder fünfzig Seiten fehlten, und ich war nicht sicher, ob ich den Text rekonstruieren könnte.

Ich fühlte mich tief verletzt. Ich trommelte mit den Fäusten gegen Deine verschlossene Tür.

»Komm sofort raus! Stell diese verdammte Musik ab, und hilf mir suchen, ob es noch irgendwo auf der Festplatte zu finden ist. Um Himmels willen, Tom, hilf mir doch!«

Du kamst gemächlich aus Deinem Zimmer und sahst mich mit Augen an, in denen nicht die kleinste Spur von Mitgefühl zu entdecken war. Ich schob Dich in die Richtung meines Zimmers, aber Du schütteltest meine Hand ab, als sei sie ein giftiger Skorpion. Du lehntest Dich gegen die Wand, kautest Kaugummi, gähntest und sahst mich an, als sei ich ein Stück Dreck.

»Find es doch selber.«

»Du weißt, daß ich das nicht kann.«

Was für eine lächerliche Situation. Ich, von blinder Wut und Hysterie geschüttelt, aber hilflos. Außer mir vor Zorn, aber Deiner Gnade ausgeliefert. Dessen warst Du Dir völlig bewußt.

»Ich werde dir nicht auch noch helfen, diesen Mist wiederzufinden.«

»Du hast kein Recht, meine Aufzeichnungen zu löschen. Wie konntest du es nur wagen!«

»Wie kannst du es wagen, einen solchen Mist über mich zu verzapfen?«

»Los, hol es zurück!«

»Hol es dir selbst zurück.«

Du knalltest wieder deine Tür hinter Dir zu. Die Musik jaulte erneut auf.

Das war zuviel. Du hattest meine Aufzeichnungen gestohlen. Du hattest meine Achillesferse getroffen. Du hattest einen Weg gefunden, Dich zu rächen. Schluchzend rannte ich in mein Arbeitszimmer. Ich schnappte mir Dein Foto, das während all unserer Kämpfe unverrückt auf meinem Schreibtisch gestanden hatte, und schleuderte es gegen die Wand. Glasscherben spritzten in die Blumentöpfe, und die Taschentücher und Papiere auf meinem Schreibtisch wirbelten durcheinander. Dann griff ich nach dem Briefbeschwerer. Eine massive Halbkugel; Veilchen unter blauem Glas. Vielleicht wurdest Du von dem Klirren und Krachen des Glases aufgeschreckt. Vielleicht hieltest Du es für klüger herauszukommen, bevor ich Amok zu laufen begann. Als ich den Briefbeschwerer gegen Deine Tür schleuderte, standest Du bereits dort, um sie zu öffnen. Das Geschoß traf Dich seitlich am Hals. Ich sah, wie Du zurückzucktest und Deine Hand hobst, aber das interessierte mich nicht mehr. »Raus mit dir! Verschwinde! Ich habe genug von dir! Laß mich allein!«

Und Du schriest zurück: »Keine Sorge, ich bin schon weg. Du glaubst doch nicht im Ernst, daß ich noch eine Minute länger hierbleibe!«

Lieber Tom,

und so, mein Sohn, hast Du uns verlassen. Du hast Dich aus dem Staub gemacht, das Weite gesucht, hast Unterschlupf bei Mat und seiner langweiligen Mutter, Deinen beiden treuesten Verbündeten, gefunden. Bei Deinen Komplizen. Ich wartete auf eine Entschuldigung. Auf zwei Entschuldigungen. Ich warnte Dich: Wir wollten Dich nicht eher wieder bei uns sehen, bis Du uns davon überzeugt hättest, daß Du Dich ändern würdest. Du wartetest darauf, daß ich alles nicht mehr so eng sähe und der Hagel von Drohungen und Beschuldigungen aufhörte. Wieder steckten wir in einer Sackgasse.

Nachdem wir mehrere Wochen an unseren getrennten Kriegsschauplätzen verbracht hatten, ohne daß hier oder dort eine weiße Flagge gehißt worden wäre, baten wir Dich, vorbeizukommen und mit uns zu reden. Es war eine bedrückende Situation. Eine förmliche Einladung an den eigenen Sohn, in sein Zuhause zurückzukehren.

Wir saßen wir Fremde zusammen im Wohnzimmer, und auf uns lastete wie eine Gewitterwolke ein erschreckendes Schweigen. Ich weiß noch, daß meine Hände eiskalt waren. Du hingst schlaksig im Sessel, und Dein langes Haar verdeckte Dein Gesicht. Ich erinnere mich an das Klicken von Jims Fingernägeln, ein untrügliches Zeichen dafür, daß er innerlich brodelte.

»Tom, hast du uns etwas – irgend etwas – zu sagen?«

»Was gibt es da zu sagen?«

»Da gäbe es eine Menge, finde ich.« Jims Mund war zu einer schmalen Linie zusammengekniffen. Die Wut kochte in ihm.

»Ich habe gesagt, daß es mir leid tut, aber was ich zu sagen habe, interessiert euch ja doch nicht, und ihr glaubt mir sowieso nicht. Wozu also?«

»Ist dir klar, was du getan hast?« fragte ich.

»Ich hätte deine Aufzeichnungen nicht löschen sollen. Und ich hätte keine Party feiern sollen, als ihr nicht da wart, aber alle feiern Partys, wenn die Eltern weg sind. Deshalb sehe ich noch lange nicht ein, warum ihr mich wie einen Schwerverbrecher behandelt. Außerdem haben die anderen den meisten Dreck gemacht. Ihr wollt mich für alles verantwortlich machen, aber an allem bin ich nun auch wieder nicht schuld.« Du hattest Dich hinter Deiner Uneinsichtigkeit verschanzt. Du gabst Dich verächtlich. Du glaubtest, wir machten aus einer Mücke einen Elefanten. All Deine Freunde fanden, daß wir uns wegen nichts aufregten.

»Es tut mir leid, daß ich euch angelogen habe. Ich habe mich doch längst entschuldigt. Aber ihr bohrt immer weiter. Alles, was ich verbrochen habe, war, an einem Abend ein paar Freunde einzuladen.« Du schütteltest Dein Haar zurück und verzogst voller Verachtung Dein ungewaschenes, unrasiertes Gesicht. Als seien wir die Missetäter, nicht Du.

»Es geht mehr um das, was du nicht getan hast«, sagte Jim mit Nachdruck.

Du dachtest an die schlechte Laune Deiner Mutter, an Deine Freunde, Alkohol und dreckige Fußböden. Wir dagegen sprachen von elf Jahren zivilen Ungehorsams. Kein Wunder, daß die Kommunikation nicht funktionierte. Du bemühtest Dich weiterhin krampfhaft, Dein Verhalten zu verteidigen. Armes Kind, wärst Du mit den verbalen Fähigkeiten eines Erwachsenen vielleicht besser gefahren? Auf rein intellektueller Ebene war es ein unfairer Kampf, ein Jugendlicher, der gutes Englisch haßt, vor einem Tribunal aus zwei Erwachsenen, die ihren Lebensunterhalt damit verdienen, Wörter zu schlagkräftigen Argumenten zu verbinden. Auf dieser Ebene hattest Du nicht die geringste Chance.

Aber im Bereich der eiskalten, unnachgiebigen Verstocktheit warst Du uns weit überlegen.

»Wenn ihr nicht so streng mit mir wärt, dann müßte ich euch auch nicht belügen«, behauptetest Du trotzig. »Ich habe weniger Freiheiten als alle meine Freunde. Die müssen nie so früh zu Hause sein wie ich. Ihre Eltern bestehen nicht darauf, daß sie schon um elf Uhr wieder zurück sind.

Ihr behandelt mich wie ein Kleinkind. Wenn ihr mir mehr erlauben würdet, dann müßte ich mir nicht ständig überlegen, wie ich eure Regeln umgehen kann. Ihr habt einfach kein Vertrauen zu mir. Mats Mutter hat Vertrauen zu Mat. Sie läßt ihn tun, was er will. Sie kontrolliert ihn nicht ständig und verlangt nicht von ihm, am Samstag abend zu einer bestimmten Zeit zu Hause zu sein. Sie haben abgemacht, daß sie ihm alles verzeiht, was er Dummes anstellt, solange er es ihr später erzählt.«

Na, das ist doch herrlich, nicht wahr? Was für ein bequemes Arrangement. Mat macht also seiner Freundin ein Kind und erzählt es hinterher seiner Mutter, und damit ist alles in bester Ordnung. Tut mir leid. Ich erwarte mehr von Dir.

»Du mußt dir unser Vertrauen verdienen.« Das war alles, was ich sagen konnte.

Aber Du gabst nicht auf. Konntest Du den Ausdruck auf unseren Gesichtern nicht sehen, als Du keinen Millimeter von Deinem Standpunkt abrücktest? Ich konnte spüren, wie mir die Wellen Deiner Feindseligkeit ins Gesicht schlugen.

Schließlich sprachst Du es aus.

»Du drohst mir immer, mich zurück zu meinem Vater zu schicken. Das hast du schon immer getan. Seit ich ein kleiner Junge war. Wenn du wütend wirst, drehst du durch und erzählst mir, du würdest mich wegschicken. Und du glaubst mir nicht, wenn ich sage, daß ich das nicht will. Du meinst, ich wollte es, aber das ist nicht wahr. Ich will nicht bei ihm leben.«

Mit dem Schmerz kamen die Tränen; sie liefen Dir über Nase und Wangen. Aber übertreib nicht, Tom. Ich habe das vielleicht fünf- oder sechsmal im Laufe von elf aufreibenden, anstrengenden Jahren gesagt. Ich bereue es. Ich habe Dir gedroht, weil Du mich zum Wahnsinn getrieben hast.

Aber diesmal war es nicht nur eine weitere Drohung. Es war die einzige Möglichkeit für Jim und mich, dieses Leben in einem Irrenhaus zu beenden.

Jim sagte: »Ich habe nichts von dir gehört, was meine Meinung hätte ändern können. Im Gegenteil, ich bin jetzt davon überzeugt, daß es die einzige Lösung ist. Auch ich habe versagt. Vielleicht macht es dein Vater besser.«

Deine getigerte Katze sprang auf Deine Knie, und Deine Tränen fielen auf ihr Fell. Lange Zeit rührte sich keiner von uns, und niemand sprach ein Wort.

Lieber Tom,

Du mußt zugeben, daß wir Dir noch einen letzten Ausweg offenließen. Du hättest ihn nutzen können, wenn Du es nur gewollt hättest, obwohl wir die Drohung, Dich fortzuschicken, bereits ausgesprochen hatten und unsere letzten Karten auf dem Tisch lagen. Wir gaben Dir noch eine Chance.

Wir unternahmen einen letzten Versuch, alles wieder ins Lot zu bringen. Wir hatten noch immer die Hoffnung, die Vergangenheit hinter uns lassen zu können und eine Möglichkeit zu einem friedlichen Zusammenleben zu finden. Unser Urlaub in den Highlands, in einer abgelegenen Hütte hoch oben auf einer Klippe, war schon gebucht. Du und Dein Freund Simon, wir und unsere Freunde. Die Reise war seit Ewigkeiten geplant, wir konnten sie nicht mehr absagen, und die See, die Berge und die Inseln konnten vielleicht bewirken, daß man die aufwühlenden Ereignisse der letzten Wochen in einer anderen Perspektive sah.

Nach all den Streitereien, Tränen und Beschuldigungen würden wir uns an diesem stürmischen Ort an der Küste einander wieder annähern können.

Jim, Iain und ich fuhren mit dem Wagen vor; den Bootsanhänger hatten wir hinten angekoppelt, die Fahrräder und den Bootsmotor auf dem Dachgepäckträger befestigt. Auf diesen langen Anfahrten zur nordwestlichen Küste konnten wir immer deutlicher spüren, wie wir nach und nach alles hinter uns ließen. Während die Landschaft rauher wurde und die Berge vor dem Himmel mit seinen heftigen Winden sichtbar wurden, hob sich unsere Stimmung. Du und Simon, Ihr fuhrt mit dem Zug, weil im Wagen kein Platz mehr war. Hilary und ihr Sohn sollten später am Abend ankommen. Wir waren also die ersten. Wir kannten die Hütte bereits von früheren Urlauben, kannten den steilen, fast senkrechten Weg, der durch das Dorf hinaufführte. Wir hätten mit dem Wagen hochfahren können, aber falls es regnete, wäre die Strecke zurück über den glitschigen, schlammigen Weg kaum zu bewältigen gewesen. Wir vertäuten das Boot in dem Bootshaus unterhalb der Farm und machten es für den nächsten Tag fertig. Dann schleppten wir drei wie Packesel unsere Taschen, Kisten und Lebensmittel den Berg hinauf. Wir stürmten in das hübsche, einfache, karge alte Haus. Ich lief von einem Fenster zum anderen, um einen Blick auf die im Nebel liegenden Inseln und das glitzernde Meer zu werfen. Jim brachte die Fahrräder nach oben, entzündete ein Feuer und wanderte zum Berghang. Ich bezog die Betten, packte die Lebensmittel aus, schob einen Auflauf in den Ofen und stellte Musik an. Iain durchstöberte seine alten Lieblingsplätze – da waren das Spielzimmer in einem Nebengebäude, die Schaukel und der abschüssige Pfad, auf dem er selbstmörderische Radrennen fuhr. Für eine Weile war es möglich, den kalten Krieg in unserer Familie zu vergessen.

Einige Stunden später sah ich, wie Ihr, Du und Simon, mit schweren Mountainbikes den Weg heraufradeltet. Zwei identische schwarze Sturzhelme, zwei Paar zerrissene Jeans, zwei muntere Gestalten, die mit schweren Rucksäkken und jugendlicher Energie die Steigung bezwangen. Ich öffnete die Tür und wollte Dich in die Arme schließen. Überglücklich, noch ganz benommen von der Schönheit, die mich umgab, sagte ich in mütterlichem Überschwang: »Kommt rein. Willkommen. Ist es nicht herrlich? Laßt mich euch alles zeigen.«

Das war ein wenig unpassend. Ihr wart schwer beladen, erschöpft nach einer vierstündigen Zugfahrt, einer stürmischen Fahrt durchs Dorf und der schwierigen Tour den steilen Pfad hinauf. Simon, der als Gast der Familie höflich und vorsichtig war, ging jedoch gutwillig auf meinen Vorschlag ein. »Ja! Toll!« sagte er grinsend und ließ seinen Rucksack auf die Türschwelle plumpsen.

Du miedest meinen Blick und wichst vor meiner Umarmung zurück. Du poltertest an mir vorbei und sprachst in dem verächtlichen, ärgerlichen Tonfall, von dem ich gehofft hatte, daß Du ihn in Deiner normalen Umgebung zurückgelassen hättest. »Wir können uns auch sehr gut alleine umsehen.« Du schlugst Deine Tür vor meinen unbeholfenen Annäherungsversuchen zu, und in meinem Inneren fiel ebenfalls eine Tür ins Schloß.

Der Umgangston war also festgelegt und damit der zerbrechliche, hoffnungsvolle gute Wille zerstört. Für den Rest der Woche verströmtest Du Haß.

Morgens weigertest Du Dich aufzustehen. Du spürtest meine wachsende Gereiztheit und entwickeltest eine ausgeklügelte Taktik, jeden Tag ein wenig länger im Bett zu bleiben. Du und Simon, Ihr lebtet nach mittelatlantischer Zeit, Ihr standet gegen Mittag auf und bliebt die halbe Nacht auf. An unseren Familienausflügen, Radtouren und Segeltörns nahmt Ihr nur teil, wenn es Euch gefiel. Simon, der bereits in unseren Familienzwist einbezogen war, paßte sich Deinem Verhalten an. Seine anfängliche Höflichkeit verwandelte sich in Kälte und schließlich Grobheit.

Unsere Freunde fanden sich damit ab. Hilary sah meine Tränen und tat ihr Bestes, um mich davon zu überzeugen, daß Dein Haß nur oberflächlich, die Ablehnung nur von vorübergehender Dauer sei. Aber sie sah nach wenigen Tagen ein, daß die Wunden, die jeder von uns davongetragen hatte, zu tief waren, als daß sie innerhalb einer Woche hätten geheilt werden können. Als vernünftige Frau ignorierte sie Dein rüpelhaftes Benehmen und anmaßendes Verhalten. Eines Abends, als wir alle nach einer stürmischen Radtour hungrig, windzerzaust und mit glühenden Wangen um den großen Küchentisch saßen, holte Hilary einen dampfenden Reispudding aus dem Ofen und stellte ihn vor uns auf den Tisch.

»Sieht aus wie Katzenkotze«, stelltest Du grinsend fest.

Wir schliefen in den gemütlichen oberen Schlafzimmern mit den winzigen Flügelfenstern und ließen Dir den in unpassendem Rosa gestrichenen Raum im Erdgeschoß. Innerhalb von vierundzwanzig Stunden hattest Du dieses putzige kleine Damenzimmer in eine stinkende Bude voller Essensreste, leerer Bierdosen und ungewaschener, muffiger Klamotten verwandelt. Wenn Ihr nicht gerade waghalsige Radtouren machtet, hocktet Ihr dort herum, redetet und hörtet Eure Guns 'n' Roses – weit weg vom Kamin, wo der Rest der Familie es sich jeden Abend am offenen Feuer gemütlich machte.

Erinnerst Du Dich an die Nacht des Halbfinales der

Fußballweltmeisterschaft – England gegen Deutschland? Ihr beiden Jungen in Schlachtenbummler-Stimmung, Jim übermütig, meine Fröhlichkeit zugegebenermaßen bloß aufgesetzt, aber wir alle gespannt auf einen heißen Fußballabend. Der einzige Fernseher befand sich in der Bar eines eleganten Hotels am Strand. Wir marschierten in unseren wetterfesten Jacken dorthin, ganz offensichtlich sehr viel salopper gekleidet als das sonst übliche Publikum. Du, aggressiv, aber lässig, ließest Dich in einen Stuhl fallen, strecktest Deine Beine mit den schweren Stiefeln von Dir und schlürftest geräuschvoll die Biere, die Jim Dir aus Anlaß des Spiels erlaubt hatte. Simon trank ein halbes Pint Apfelwein und war trotzdem viel nüchterner als Du. Hilarys Sohn Luke kauerte gespannt nur wenige Zentimeter vor dem Bildschirm und kaute so heftig an den Nägeln, daß man besser nicht hinsah. Iain saß kerzengerade, ganz benommen von seiner Cola und der übermütigen Stimmung, während wir Erwachsenen wie richtige Hooligans grölten. Die vier walisischen Seeleute in ihren Marineuniformen, die aus dem gleichen Anlaß wie wir hier vor Anker gegangen waren, waren vor Aufregung wie erstarrt. Auf Gabeln aufgespießte Scampi verharrten auf halbem Wege zum Mund in der Luft. Die Atmosphäre war elektrisierend.

Auch jetzt, da wir zum letzten Mal als vollständige Familie auftraten, empfand ich Widerwillen, wenn ich Dich ansah. Dein langes Haar fiel Dir in fettigen Strähnen übers Gesicht. Deine Klamotten sahen aus, als seien sie durch einen Reißwolf gezogen worden. Du hattest Dich mit obszönen Ansteckern geschmückt. Aber das alles störte mich im Grunde nicht. Was mich störte, war Deine Art, so zu tun, als existierte ich überhaupt nicht. Oder als sei ich ein widerliches Ungeziefer, das gerade aus seiner Ritze gekrochen war. Während des aufregenden Spiels wechselten wir anderen, Kinder wie Erwachsene, immer wieder triumphierende Blicke, da die englische Mannschaft sich so wacker schlug. Wir lehnten uns aneinander, klopften einander auf den Rücken. Wir stöhnten herzzerreißend über die jetzt offenkundig bevorstehende Niederlage. Selbst in dieser emotionalen Treibhausatmosphäre, wo gesellschaftliche Zwänge fortfielen, wandtest Du mir den Rücken zu. Du schlossest mich aus. Du reagiertest auf mein bemühtes Lächeln mit eiskalten Wellen der Feindseligkeit.

Vielleicht hatte ich zuviel erwartet. Doch während sechs langer, verzweifelter Tage und Nächte hoffte ich auf etwas anderes als einen Schlag ins Gesicht. Vielleicht hätte ich mich mit Dir auseinandersetzen, Dir sagen sollen, was für ein widerlicher, unverschämter Kerl Du warst. Ich hätte einen Eimer mit kaltem Wasser über Eure Köpfe schütten sollen, wenn Ihr bis elf Uhr nicht aus den Federn kamt. Ich hätte den Mund aufmachen sollen.

Statt dessen eiterte die Wunde weiter vor sich hin. Morgens, während Ihr schlieft, stellte ich, aus Wut, Verzweiflung und Rachsucht, meine Pavarotti-Platten immer lauter. Ich wollte erreichen, daß Ihr endlich aufwachtet. Ich spielte meine Musik, um meine Identität und meine Selbstachtung zu retten, die durch Deine unverhohlene Aggressivität zerstört wurden. Wenn ich das Frühstück für die anderen zubereitete, während Ihr noch schlieft, zitterte ich nicht nur, weil ich den Härtetest dieses sogenannten Urlaubs überstehen mußte, sondern auch, weil mir all die Jahre des Kampfes mit Dir im Nacken saßen. Ich wollte Dich ohrfeigen. Dich schlagen. Dich schütteln.

Warum hast Du meinen letzten Versuch, Dir nahezukommen, so unerbittlich abgewiesen?

Am Ende der Woche mußten wir uns von unseren

Freunden verabschieden. Als wir sie zu ihrem Wagen begleiteten, hatten wir unsere Kapuzen zum Schutz gegen den Wind und den strömenden Regen über den Kopf gezogen. Hilary umarmte mich, und ich brach in Tränen aus. Sie wußte, was sie hinter sich ließ. Wir hatten über alles geredet. Wir hatten beschlossen, daß Jim und ich während der letzten zwei Tage mit Dir allein bleiben sollten. Simon wurde kurz entschlossen nach Oban gefahren und mit seinem Fahrrad in den Zug nach Hause gesetzt.

Ich hatte inzwischen jegliches mütterliches Getue abgelegt. Statt Simon Proviant für seine Reise mitzugeben, statt Euch beide auf eine letzte gemeinsame Mahlzeit in ein Restaurant einzuladen, ließen wir Euch auf dem Bahnsteig in strömendem Regen stehen, drückten Euch einige Pfundnoten in die Hand und sagten Euch, Ihr solltet irgendwo Fish and Chips essen gehen. Jims Gesicht war unnachgiebig. Starr. Er legte eine Hand auf meine Schulter, weil er wußte, wie schwach und verletzlich ich mich fühlte. Als wir nach zwei Stunden zurückkamen und Simon ohne große Worte in den Zug setzten, wart Ihr beide bis auf die Haut durchnäßt; aus Euren Haaren, die wie schwarze Rattenschwänze aussahen, tropfte Euch das Wasser ins Gesicht. Ihr frort und saht unglücklich aus. Ich zwang mich, darüber hinwegzusehen.

Im Auto, auf dem Weg zurück zu unserer Hütte, brach ich in Schluchzen aus, weil ich nicht wußte, wie es weitergehen sollte. Wir waren an einem toten Punkt angelangt. Iain war still und bedrückt. Jim saß mit zusammengekniffenen Lippen am Steuer, wütend, weil ich zu einem so jämmerlichen Häufchen reduziert worden war. Gott allein weiß, wie Du Dich fühltest.

Aber ich darf es nicht so darstellen, als wäre ich es gewesen, die die letzten heftigen Gefühlsausbrüche zeigte. So war es nicht. Tatsächlich warst Du es, nicht ich, der die letzten Tränen weinte.

An jenem Abend, als alle anderen fort waren, entzündeten wir im Kamin ein Feuer aus Kiefernholz. Draußen heulte der Wind. Durch die Fenster konnten wir beobachten, wie der Himmel sich verdunkelte und die Masten der Boote wie schwarze Stöcke auf dem unruhigen Wasser tanzten. Ich hatte mich ausgeweint und war ruhiger geworden. Jim saß in finsterer Stimmung am Feuer, stocherte ab und zu darin herum und trank seinen rauchigen Whisky. Ich glaube, er hatte festgestellt, daß er weder von Deiner noch von meiner Seite sehr viel mehr an Belastungen ertragen konnte.

Ich machte den ersten Zug, als Du aufstandest, um aus dem Zimmer zu stampfen.

»Tom, bleib bitte hier. Wir müssen mit dir reden. Ich verspreche dir, daß wir nicht schreien werden. Wir werden dich nicht beschimpfen. Den Punkt haben wir überschritten. Wir wollen nur wissen, was du uns zu sagen hast.«

Jim und ich hatten uns bereits abgesprochen, uns über die Regeln geeinigt. Wir waren entschlossen, unter allen Umständen ruhig zu bleiben. In dieser Nacht würde es keine Gefühlsausbrüche mehr geben. Nur eine entsetzliche Resignation und, zumindest bei zweien der Teilnehmer an der letzten Runde dieses Spiels, das Wissen, daß es keine Umkehr mehr gab.

Vielleicht wußtest Du es. Vielleicht auch nicht. Du begannst zu weinen. Ich bin nicht sicher, ob Du Dir zu diesem Zeitpunkt darüber im klaren warst, daß Du die Grenze überschritten hattest. Du wußtest, daß etwas passieren würde, aber ich vermute, Du erwartetest nur einen weiteren, bedeutungslosen Streit.

Ich fragte Dich: »Warum hast du dich so verhalten? Warum so viel Haß?«

Du versuchtest, den Spielstand festzustellen. Unsere Taktik zu entschlüsseln.

»Was meinst du?«

»Du weißt, was ich meine. Nach allem, was wir durchgemacht haben, kamst du hier an mit der Bereitschaft, mich zu hassen. Du hast nicht den kleinsten Versuch unternommen, die Dinge ins reine zu bringen.«

»Wieso sollte ich dich gehaßt haben«, murmeltest Du. Du sahst beunruhigt aus, Du spürtest unsere erzwungene Ruhe. Wieder saßest Du in Deinem Sessel in der Falle, gezwungen, eine weitere Tracht Prügel in Form von Argumenten über Dich ergehen zu lassen. Gegenseitiges Anbrüllen war für Dich sehr viel einfacher.

»Ich dachte nur, du wärst noch immer sauer auf mich wegen dem, was Simon und ich angestellt haben, als ihr nicht da wart. Ich dachte, du wolltest uns überhaupt nicht hier haben. Aber weil du seiner Mutter nicht einfach sagen wolltest, der Urlaub ist geplatzt, mußten wir mitkommen. Wir haben nur versucht, euch aus dem Weg zu gehen, weil wir wußten, daß ihr stinkwütend wart. Das ist alles.«

»War das dein Eindruck, als ich euch beide in der Tür begrüßt habe? Erinnerst du dich, wie ich euch willkommen geheißen habe?«

Du sahst mir nicht in die Augen. Du starrtest auf den Teppich. Du schriebst Dein eigenes, falsches Drehbuch (konntest Du das wenigstens Dir selbst eingestehen?), und Du wolltest um jeden Preis das Gesicht wahren.

Aber an jenem letzten Abend der Ferien wußten wir, daß es so nicht weitergehen konnte. Jim sagte: »Tom, ich halte das nicht mehr aus. Ich habe genug davon. Vor zwei Wochen haben wir dir gesagt, daß du gehen mußt, wenn du dich nicht bemühst, dich zu ändern. Ich habe keine Änderung deiner Einstellung bemerkt. Ich habe nicht das geringste Zeichen einer Änderung feststellen können.«

Unbestechliches Urteil eines philosophisch gebildeten Erwachsenen über einen Jugendlichen. Harte Worte, vor denen selbst die Aufrichtigsten unter uns gern die Ohren verschließen würden. Aber Du stelltest Dich noch immer nicht der Wahrheit. Du hörtest gar nicht mehr zu. Du schwiegst hartnäckig. Ich frage mich, ob Du dachtest, das alles würde, so wie hundertmal zuvor, wie ein Sturm wieder vorüberziehen.

Aber am nächsten Morgen setzten wir Dich, Dein Fahrrad und Deinen Rucksack in einen Zug in Richtung Süden. Du warst weiß vor Schrecken und sagtest kein Wort.

Teil vier

Trennung

Lieber Tom,

Du hast tatsächlich alles bis aufs letzte leer geräumt, nicht wahr? Hast keine Spuren hinterlassen. Für einen Jungen, der nie etwas wegwarf, wie nutzlos und vergammelt es auch sein mochte, ist das eine ganz schöne Leistung. Die sechs roten Abwaschschüsseln, die Dir als Kommode dienten – leer! Ich hatte mich daran gewöhnt, daß sie überquollen von zerknülltem Papier und sämtlichen Briefen und Postkarten, die jemals auf die Fußmatte fielen. Die Wände waren kahl bis auf einige Schmierereien und Reste von Klebestreifen. Zurück blieben nur eine schmutzige Socke, sechs Teelöffel und riesige Staubflocken. Und ein ganzer Jahrgang Zeitungen, die Du zum Recyclingcontainer hättest bringen sollen. Es erinnerte kaum etwas daran, daß Du sieben Jahre lang hier gelebt hattest.

Lieber Tom,

am letzten Abend unserer Ferien in den Highlands lief ich durch den strömenden Regen zu der Telefonzelle im Dorf und wählte die Nummer des »Chefs«. Ich erzählte ihm, daß sein Sohn sich am nächsten Tag auf den Weg zu ihm machen würde. Er reagierte mit herablassendem Verständnis.

»Er wird hier ruhig und freundlich empfangen werden. Ich weiß durch seine Anrufe einiges von dem, was vorgegangen ist, und ich werde ihm mit Sicherheit nicht die ganze Schuld zuschieben, wie du es offensichtlich getan hast. Ich glaube, er hat schon genug durchgemacht.«

»Hast du überhaupt eine Vorstellung davon, wie er sich aufgeführt hat?« rief ich empört. »Ich habe versucht, dir zu erklären, was alles vorgefallen ist, aber du hast mir ja nie zugehört.«

»Jede Geschichte hat ihre zwei Seiten«, sagte er in leisem, ungeduldigem Tonfall. »Ich bin bereit zu glauben, daß Tom sich ein wenig dumm benommen hat, mehr nicht. Er ist erst fünfzehn Jahre alt, und er hat das Gefühl, daß ihr euch sehr unvernünftig verhalten habt.«

»Wir – unvernünftig!«

»Ich bin bereit, Tom für den Rest der Ferien bei mir aufzunehmen, während ihr die Gelegenheit habt, euch zu beruhigen und die Angelegenheit noch einmal zu überdenken.«

Der »Chef« dachte, genau wie Du, es handele sich um ein vorüberziehendes Unwetter. Es dauerte weitere sechs Wochen, um ihn vom Gegenteil zu überzeugen. Inzwischen ist er zutiefst entrüstet. Er schreibt mir empörte, selbstgerechte Briefe, in denen er seine Verbitterung ausdrückt, er füllt Seite um Seite mit Schmähungen, die seine Handschrift verzerren und seinen Kugelschreiber fast durch das Papier stoßen lassen. Nach der Lektüre von ungefähr zehn Seiten kristallisiert sich heraus, daß mein Sohn wütend ist. Welche Offenbarung! Was hat der Mann erwartet? Fröhliche Dankbarkeit?

Aber wir blieben unnachgiebig. Du solltest bei ihm bleiben, bis Du uns schriftlich davon überzeugen konntest, daß Du Dich um ein verändertes Verhalten bemühen würdest. Du solltest den Versuch machen, Dich in einer Weise zu benehmen, die es uns erlaubte, als Familie bestehenzubleiben. Vielleicht war das zuviel verlangt von einem fünfzehnjährigen Jungen, aber Jim hatte gesagt: »Echte Verzweiflung kann ungeahnte Fähigkeiten wecken.« Vielleicht waren wir wieder nicht eindeutig genug, sprachen in einer Sprache, die nur Erwachsene verstehen.

Du wartetest vier Wochen und schriebst dann einen kurzen, höflichen Brief, der formal das Richtige enthielt. Eine Entschuldigung für die Lügen und die Party. Ein Versprechen, daß Du Dich stärker bemühen würdest. Als Aufsatz wäre es eine Eins geworden. Aber da ich Dich so gut kannte, überzeugte mich der Brief nicht. Ich entdeckte darin kein Anzeichen von Panik. Keine Andeutung, daß Du gelegentlich zu einem Kompromiß bereit wärest. Wenn ich diesen Brief hätte zensieren müssen, dann hätte ich trotz allem »mangelhaft« darunter geschrieben.

Was war es, das ich von Dir erwartete? Ich wollte ein kleines Zeichen echten Gefühls. Ich wollte am Telefon einen Anflug von Panik hören. Ich wollte lesen, daß Du es nicht ertragen könntest, ohne uns zu leben. Was ich hörte, auf dem Umweg über die von Deinem Vater formulierten Sätze, war, daß Du uns nicht sonderlich mochtest, daß Du unsere Art, mit Deinem Erwachsenwerden umzugehen, empörend fandest, daß Du unsere Einstellung zu Teenagern für unmöglich hieltest. Was Dich ängstigte und bedrückte, war, Deine Schule und Deine Freunde hier verlassen zu müssen. Tut mir leid. Das konnte ich nicht akzeptieren. Du bliebst also vorläufig dort, wo Du warst. Du und der »Chef«, Ihr würdet vorbeikommen und Deine Sachen holen müssen.

Du hättest anrufen und mir sagen können, daß Du mich liebst. Aber im Grunde glaube ich nicht, daß Du mich liebst, und deshalb beglückwünsche ich Dich zu Deinem Stolz und Deiner Ehrlichkeit. Gelogen hast Du jedenfalls nicht.

Lieber Tom,

heute hat die Schule wieder begonnen: Deine Schule, in Sichtweite unserer Wohnung. Zum ersten Mal seit vier Jahren kann ich nicht mehr davon ausgehen, Dich plötzlich, wenn ich am Fenster stehe, zu sehen, wie Du von einem Gebäude zum anderen trabst. Ich halte nicht mehr Ausschau nach Marks leuchtendgrünem Anorak oder Simon, der seine Klarinette in den Musikraum trägt. Aber die Angewohnheit steckt mir tief in den Knochen. Es ist hart, einen Ausblick auf den Schulhof des eigenen Kindes zu haben, wenn dieses Kind nicht mehr bei einem lebt. Ich habe das Gefühl, ich hätte kein Recht mehr, ständig hinüberzustarren.

Das Telefon zieht mich magnetisch an. Erwartungsvoll lungere ich in seiner Nähe herum. Aber die Hoffnung auf Tom als einsamen ET, der sich nach Hause sehnt, wird durch kein Klingeln erfüllt. Du wirst nicht klein beigeben, auch wenn es Dir das Herz bricht. Lediglich mein blinder, mütterlicher Optimismus läßt mich daran glauben, daß Du mit mir Kontakt aufnehmen willst. Ich frage mich, welche Worte ich von Dir erwarte, und mir fallen keine ein. Wenn ich Du wäre, würde ich auch nicht zum Hörer greifen.

Nachts liege ich meistens wach und mache mir Sorgen um Dich. Wahrscheinlich habe ich das Gefühl, es sei besser, Dich in meiner Nähe zu haben, auch wenn es noch so schmerzhaft ist, denn ohne irgendwelchen Kontakt bin ich meinen Ängsten hilflos ausgeliefert. Ich habe keine genauen Vorstellungen, weil mir niemand etwas erzählt. Ich habe keine Ahnung, wie Du zurechtkommst. Gewiß, es ist eine Erleichterung, nicht mehr mit dem Kopf gegen die Mauer Deines Widerstands anrennen zu müssen, aber es ist ein fremdes und seltsames Gefühl, dort, wo diese Mauer war, einen leeren Raum vorzufinden. Ich bin erstaunt darüber, wie sehr ich Dich vermisse.

Für Jim geht das Leben wieder seinen gewohnten Gang. Im Gegensatz zu mir ist er in der Lage, den Kummer dieser Tage wegzustecken und seine Gedanken auf Stipendienanträge, Ausgaben für die Fakultät und formale Semantik zu richten. Er spricht nicht oft über Dich. Wie sollte er die angespannte Stimmung vermissen? Er ist vor allem erleichtert, glaube ich. Wie ein Spielzeugsoldat marschiert er zur Universität und wieder zurück, in der Hand seine schwere, alte Aktentasche. Er weiß meine neugewonnene Ruhe und die freundlichere Atmosphäre in unserer Familie zu schätzen. Wir müssen nicht mehr wachsam und vorsichtig sein. Wir fangen an, uns zu entspannen. Langsam taucht dann und wann wieder ein Lächeln auf unseren Gesichtern auf.

Iain ist in der Schule; er weiß, daß Du nicht hiersein wirst, wenn er nach Hause kommt. Ich weiß nicht, wie sich Deine Abwesenheit auf ihn auswirken wird. Ich habe beobachtet, daß die Belastungen der letzten Monate ihn dazu gebracht haben, sich in sein Zimmer, in sich selbst zurückzuziehen. Mit einer für sein Alter ungewöhnlichen Umsicht vermied er es, unserem wackeligen familiären Gebäude auch nur den geringsten Stoß zu versetzen. Ich bin froh, daß ein zehnjähriges Kind nicht länger einen Stahlhelm tragen und in seinem Zimmer über Sandsäcke steigen muß.

Kurzfristig hat er mit dem Gedanken gespielt, Dein Reich zu übernehmen. Er braucht massenhaft Platz, wenn er das umfangreiche Zubehör seiner komplizierten Phantasiespiele ausbreitet, deshalb gefiel ihm die Vorstellung, auch Dein Zimmer in Beschlag zu nehmen. Eines Tages nach der Schule, als er müde war, versuchte er, dort ein Nickerchen zu machen, aber die Schwingungen stimmten offenbar nicht, und er entschied sich, in seiner gewohnten Räuberhöhle zu bleiben. Du kennst Deinen Bruder. Obwohl er gerne umgezogen wäre, konnte er es nicht wirklich tun. An allem haften Erinnerungen, Assoziationen, seine Vergangenheit. Weißt Du noch, wie er im Alter von fünf Jahren mit den Fäusten auf Jim einschlug, als wir den alten, gelben Citroën verkauften? Es war das einzige Auto, das er kannte. Er wollte sich losreißen und hinterherrennen; wir mußten ihn festhalten, als der Käufer davonfuhr.

Iain und Du, Ihr seid so verschieden wie Tag und Nacht. Kannst Du Dich noch an die Affenbabys erinnern? Es gab die, die eine Mutter aus hartem Draht vorzogen, die ihnen Milch aus der Flasche gab, und die, die sich einer Mutter aus weichem Stoff zuwandten, bei der sie einen Ersatz für Körperwärme, aber keine Nahrung bekommen konnten. Die meisten wählten die Stoffmutter. Iain ist ein Äffchen für die Stoffmutter. Du gehörst zu der anderen Sorte. Als er klein war, klammerte er sich mit Armen und Beinen an meinen Körper. Er hatte Feuer im Bauch und Leidenschaft in der Seele. Ich verstehe dieses Kind. Wir verstehen einander.

Um ehrlich zu sein, gefiel mir die Vorstellung nicht, daß

Iain in Dein Zimmer ziehen würde. Ich war froh, es nicht betreten zu müssen. Wenn er dort eingezogen wäre, wäre ich täglich mit meinen Erinnerungen konfrontiert worden. Der rote Raum trägt noch die bleibenden Narben Deiner Anwesenheit; ich möchte, daß es so bleibt.

Lieber Tom,

letzte Nacht im Bett haben Jim und ich über Dich geredet. Wie üblich war ich eifrig darum bemüht, dem Ganzen einen Sinn abzugewinnen. Jim jedoch zögerte; er weiß, daß es nichts mehr zu sagen gibt. Jede Nacht, wenn ich die Nachttischlampe ausknipse, gehen mir dieselben Gedanken durch den Kopf. Zu wem hast Du noch Vertrauen? In den ersten Wochen, nachdem Du gegangen warst, sah ich mir die Fernsehnachrichten von Anfang bis Ende an und stellte hinterher fest, daß ich nicht eine einzige Meldung davon mitbekommen hatte. Ich lag im Bett und blätterte die Seiten eines Romans um, ohne den Text wirklich aufgenommen zu haben. Jim gab zu, daß auch in seinem Kopf ein endloser Monolog ablief. Wörter und Sätze, die mit Dir zu tun hatten, kamen ihm, wenn er arbeitete, an seinem Computer saß oder sich mit Kollegen unterhielt, in den Sinn. Bilder geisterten durch seinen Kopf, während er seinen Routinearbeiten nachging. Ich glaube, daß dieser starke, stille, stoische Mann leidet. Im Augenblick sagt er nur, daß er sich elf Jahre lang bemüht habe und gescheitert sei. Als sei das die vollständige Geschichte: Anfang, Mitte und Ende. Vielleicht für ihn. Er sagt, wir würden nichts damit bewirken, wenn wir immer wieder über dieselben Probleme nachgrübelten. Er sagt außerdem, es sei eine Erleichterung, nicht mehr als die Wand dienen zu müssen, gegen die Du mit Deinem Kopf anrennst. Ich verstehe ihn. Ich kann mir vorstellen, daß er sich langsam von Dir löst.

Ich wüßte so gern, was Du tust. Wie Du Dich fühlst. Alle Verbindungen sind gekappt, und ich weiß nichts, abgesehen von den wenigen Informationen, die mir der »Chef« zwischen den Zeilen, in denen er seine Wut ausdrückt, zukommen läßt. Ein paar Krümel, die meinen nagenden mütterlichen Hunger nicht befriedigen.

Wie geht es Dir?

Was geht in Deinem Kopf vor?

Brauchst Du mich überhaupt noch?

Lieber Tom,

ich bin wieder in Deinem Zimmer und will Dir erzählen, warum. Wir ziehen aus. Endlich haben wir ein altes Steinhäuschen, ein richtiges Zuhause, am Rande der Stadt gefunden. Du hast es nicht gesehen, denn Du hast Dich natürlich immer geweigert, uns auf unserer endlosen Haussuche zu begleiten. Du wolltest nichts hören von unseren Plänen, die bequeme Wohnung in der Nähe Deiner Schule zu verlassen. Aber jetzt hat sich alles glücklich gefügt, und wir können umziehen. Welch seltsamer Zufall! Es ist fast so, als hätte es nicht eher klappen können, als bis Du fort warst. Meine Gefühle sind widersprüchlich. Wie soll ich mich freuen, da ich doch weiß, wie wütend und traurig Du bist? Die Freude kann jetzt noch nicht richtig Raum greifen, sie muß auf Distanz gehalten werden, bis ich der Realität über die Entfremdung zwischen Dir und mir ins Gesicht gesehen habe.

Du wirst das verstehen, glaube ich. Du erinnerst Dich sicher an Deine Mutter, als sie noch jünger war und nach draußen rannte, in der Erde buddelte, für kleine Setzlinge Platz schaffte oder mit riesig gewachsenen Kletterpflanzen kämpfte. Es ist zwölf Jahre her, daß ich einen eigenen Garten hatte, aber einen so schönen hatte ich mir nie erhofft. Es ist schon mehr ein wilder Park als ein Garten. Es gibt dort einen Fluß, steile, mit Holz eingefaßte Erdwälle, Terrassen und Steingärten. Sogar einen Brunnen, aus dem das Wasser durch herunterrankendes Efeu tröpfelt. Unser Garten ist meilenweit entfernt von der schlechten Luft, dem Schmutz, dem Lärm und der Enge einer Stadtwohnung. Von dem Kampf und den Anstrengungen der letzten sieben Jahre.

Du verstehst doch mein Bedürfnis nach Abgeschiedenheit, oder? Du weißt, wie eingesperrt ich mich in dieser Wohnung fühlte, besonders im Sommer, wenn es keine Tür gab, die hinaus ins Freie führte. Wenn ich noch einen Sommer hier verbringen müßte, dann wäre ich reif für die Klapsmühle.

Jeden Tag, nachdem ich Iain zu seiner neuen Schule im Dorf gebracht habe, halte ich den Wagen an, steige aus und lehne mich über das Geländer der Brücke, die das kleine Flüßchen in unserem Garten überspannt. Dort spüre ich, wie die Heilung beginnt.

Lieber Tom,

dieser Brief sollte mit »Bitte vorsichtig handhaben!« gekennzeichnet werden, denn es ist der letzte Brief, den ich in unserem alten Zuhause schreibe. Welche Wirkung wird das auf Dich haben?

Es ist schon sehr spät. Ich bin in unserer Wohnung, die jetzt nicht mehr unser Zuhause ist. Ich bin so aufgeregt wie ein Kind zu Weihnachten. Heute haben wir die Schlüssel zu unserem kleinen Häuschen ausgehändigt bekommen. Es war ein strahlender Herbsttag mit Blättern, die wie Konfetti von den mit Holz befestigten Hängen in unseren Hohlweg herunterwirbelten. Ich hatte plötzlich das starke Gefühl, dort hinzugehören.

Wenn wir morgen ausziehen, werde ich Dich dann hier zurücklassen? Ich habe eine kluge Freundin gefragt, wie ich mich von Dir verabschieden soll. Sie sagte, ich solle Dein Zimmer leer räumen und an der Stelle, wo Du Dich am häufigsten aufgehalten hast, eine Kerze entzünden. Sie solle allein herunterbrennen, während Du in meinen Gedanken zum letzten Mal hinausgehst.

Diese Idee gefiel mir. Ich habe also alles aus Deinem Zimmer geräumt, was sich im Laufe der Wochen dort wieder angesammelt hatte. Ich habe eine Kerze auf das Bord gestellt, genau über der Stelle, wo Dein Computer immer stand. Morgen abend, wenn der Lastwagen beladen ist, wenn Jim ungeduldig im Wagen wartet, werde ich die brennende Kerze an Deinem Platz zurücklassen und die Tür hinter mir schließen.

Lieber Tom,

dieser Mann ist wahnsinnig! Wie konnte er einverstanden sein, daß Du so kurze Zeit nach dem Trauma des Fortgehens wieder zurückkommst? Warum schickt er Dich auf eine Klassenfahrt nach Rußland, da Deine Schule doch jetzt ganz woanders ist? Schließlich bist Du umgezogen.

Ich kann nicht mit ihm reden, deshalb schreibe ich Dir. Am Telefon muß ich mich mühsam beherrschen, um nicht zu schreien. Ich schreie tatsächlich. Zwanzig Jahre an der

Universität haben ihn unfähig gemacht, eine normale Unterhaltung zu führen.

»Ich sehe wirklich keinen Grund, warum er diese Reise nicht machen sollte. Er möchte sehr gerne mit seinen alten Freunden und Lehrern zusammen verreisen. Ich fände es ausgesprochen unfair, wenn er eine solche Gelegenheit nicht nutzen dürfte. Außerdem ist von meiner Seite schon alles vorbereitet. Ich habe mit Mats Mutter gesprochen; sie trifft alle Reisevorbereitungen und bietet ihm vorher und nachher Unterkunft.«

»Aber verstehst du denn nicht, daß ihn das wieder zurückwerfen wird«, rief ich. »Du mußt doch zugeben, daß er sich langsam bei dir eingewöhnt hat. Wozu soll es gut sein, die alten Wunden wieder aufzureißen, indem man ihn zurück in seine alte Umgebung schickt? Ich finde, die Idee ist ausgesprochen dumm.«

»Du willst ihn also dieser einmaligen Chance berauben, Rußland kennenzulernen?«

»Darum geht es nicht. Es geht darum, ihn nicht einer Situation auszusetzen, der er noch nicht gewachsen ist. Es ist noch zu früh. Er wird damit noch nicht fertig.«

»Ich glaube, das kann ich besser beurteilen als du. Darf ich dich daran erinnern, daß ich es war, der sich während der letzten drei Monate um ihn gekümmert hat, nachdem du ihn vor die Tür gesetzt hattest?«

Es folgte eine lange Pause, während der ich seine selbstgerechte Entrüstung spüren konnte.

»Ich habe ihn nicht vor die Tür gesetzt. Wie oft soll ich dir noch erklären, daß die Dinge nicht so einfach auf einen Nenner zu bringen sind, verdammt noch mal!« Seine Resümees unserer Familiengeschichte bringen mich immer wieder auf die Palme, und ich reagiere scharf, obwohl ich besser schweigen sollte.

»Ich glaube, es hat wenig Sinn, dieses Thema zum wiederholten Male durchzukauen, aber du hast Tom tatsächlich vor die Tür gesetzt.«

»Er hat sich selbst vor die Tür gesetzt!« schrie ich. »Du weißt ganz genau, daß er uns wahnsinnig gemacht hat mit seiner Weigerung, in irgendeiner Weise Anteil an unserem Leben zu nehmen. Er hat nie einen Finger krumm gemacht …«

»In dieser Hinsicht möchte ich dich doch bitten, deine Aussage noch einmal zu überdenken, wenn es gestattet ist«, unterbrach er mich mit lauter Stimme.

»Nein, das ist es nicht. Ich will über etwas anderes reden. Hör auf, so zu tun, als spielten wir hier nach Punkten oder als seien wir in einem Rhetorikkurs. Ich will über unseren Sohn reden und deinen verrückten Plan, ihn nach Rußland zu schicken.«

»Meinst du tatsächlich ›niemals‹? Willst du wirklich behaupten, daß Tom niemals, kein einziges Mal in seinem ganzen Leben, dir oder Jim freiwillig geholfen hat …?«

»Er hat uns in den gemeinsamen elf Jahren vielleicht zwei oder drei Male einen winzigen Gefallen erwiesen, aber das hat doch keine statistische Bedeutung! Es zählt nicht. Wir reden über seine Einstellung …«

Wieder unterbrach er mich grob.

»Könntest du mir ein konkretes Beispiel für diese Einstellung geben, auf die du dich ständig beziehst?«

Jetzt schreie ich tatsächlich wie ein Fischweib, am liebsten möchte ich ihm den Hörer in seine dämliche Kehle rammen. »Könntest du anhand eines konkreten Beispiels erklären, woran eine Beziehung gescheitert ist? Könntest du das?«

Und so geht es immer weiter, Stunde um Stunde. Er versteht es nicht. Er drischt hölzerne Phrasen, und dazwischen macht er lange Pausen, die ich mit meinen aufgeregten Erklärungen fülle. Er versucht, elf Jahre des Kampfes auf ein oder zwei gewöhnliche Fälle von pubertärem Fehlverhalten zu reduzieren. Es geht ihm darum, Schuld zuzuweisen. Dann würde er es vielleicht verstehen. Der Mann ist in seiner Pedanterie festgefahren.

Aber in Sachen Rußland hat er das letzte Wort. Schließlich habe ich Dich ihm überlassen, und somit habe ich in dieser Angelegenheit nichts mehr zu sagen. Wie es aussieht, wirst Du bald hier, in Deinem alten Terrain, ankommen, um einige Nächte nur ein paar Straßen weiter zu verbringen. Du wirst drei Wochen Deiner gerade angelaufenen Kurse versäumen, um auf eine historische Erkundungsfahrt nach Rußland zu fahren, nachdem Du Geschichte abgeschlossen hast und diese Schule überhaupt nicht mehr besuchst.

Lieber Tom,

da der »Chef« es uns nicht gesagt hatte, wußten wir noch nicht einmal, wann wir Dich hier erwarten sollten. Jim und ich machten einen kleinen Spaziergang in der herbstlichen Abendsonne und stießen uns lachend an, wenn wir die »Zu verkaufen«-Schilder sahen. Endlich brauchten wir sie nicht mehr zu beachten.

Als erstes bemerkte ich die lustige, orangefarbene Frisbeescheibe, die aussah wie eine Münze mit einem Loch in der Mitte. Wir hatten sie damals für Mat aus Kalifornien mitgebracht. Sie kam, begleitet von lautem Gelächter, über die Straße in Richtung der Gartenpforte geflogen. Ich sah hinüber. Teenager. Eine schnatternde Schar, die weiter oben auf der anderen Straßenseite herumlungerte. Dann kam der Schock des Erkennens. Es waren nicht irgendwelche Teenager. Es waren *die* Teenager. *Meine* Teenager. Zuerst erkannte ich Mat, der eine Baseballkappe verkehrt herum auf dem Kopf trug und sich schnell hinter der Frisbeescheibe her durch den fließenden Verkehr fädelte. Dann sah ich Simon. Voller Angst, was ich als nächstes entdecken würde, ließ ich meine Blicke über die Gruppe junger Leute schweifen, bis sie schließlich auf ein Paar in enger Umarmung fielen. Dort standest Du, mein Sohn, mit der Freundin, die Du hier zurückgelassen hattest.

Da er uns fast über den Haufen gerannt hätte, brachte Mat ein höfliches Lächeln zustande. Das muß ein rudimentärer Mittelklassereflex gewesen sein. Die anderen tanzten inzwischen auf der Fahrbahn herum. Ich konnte Dich deutlich erkennen, Du lächeltest Deine Freundin an und beugtest Dich zu ihr hinab, um sie zu küssen.

Für einen langen Moment standen Jim und ich wie versteinert da. Seit drei Monaten sprachen wir über Dich, dachten an Dich, malten uns aus, wie es Dir ginge. In letzter Zeit nicht mehr ganz so häufig. Ich glaube, langsam hatten wir begonnen, uns von Dir zu lösen. Die Zeit verwischte die krassesten Bilder und milderte die härtesten Gefühle. Und plötzlich, ohne Vorwarnung, wurde dieses verblassende Bild durch Dein tatsächliches Erscheinen überlagert. Das war einfach zu grausam. Sofort kamen mir die Tränen – eine primitive, mütterliche Reaktion, ausgelöst durch Deinen Anblick. Jim drückte meine Hand so fest, daß meine Ringe mir ins Fleisch schnitten. Bevor Du näher kamst, bevor Du, umgeben von Deinen rüpelhaften Freunden, die Verkehrsinsel in der Mitte der Straße erreichtest, verschwanden wir in die entgegengesetzte Richtung. Wir schafften es nicht, uns mit Dir zu konfrontieren.

und dann, am folgenden Tag, tauchtest Du erneut auf. Aber im Dorf, in unserem neuen Haus, für das Du, wie Du uns signalisiert hattest, nicht das geringste Interesse aufbrachtest. Die Sonne schien durch die oberen Fenster. Die Schafe weideten friedlich auf den Hügeln. Ich streifte fröhlich mit dem Bandmaß in der Hand durch das Haus, als ich die ach so bekannte Stimme im Erdgeschoß hörte. Erstaunlicherweise klangst Du ganz normal.

»Hallo. Kennst du mich noch?«

Eine Sekunde lang hätte ich die Maske fast fallen gelassen. Ich spürte, wie die Farbe aus meinem Gesicht wich. Aber ich hatte nicht umsonst im College den Schauspielkurs belegt. Ich biß die Zähne zusammen, blinzelte die locker sitzenden Tränen zurück, riß mich zusammen und ging zum Treppenabsatz.

Du stapftest zu mir herauf, und dann, als wir uns oben auf der Holztreppe gegenüberstanden, füllten sich Deine Augen, genau wie meine, mit Tränen. Zu meiner völligen Überraschung hobst Du die Arme und umarmtest mich. Da standen wir und hielten einander fest. Du ließest Deine Maske fallen, Tom. Für diesen einen kurzen Moment. Ich spürte, daß Du mich genauso brauchtest wie ich Dich.

Aber anschließend zeigtest Du mir nur noch Bitterkeit und nackte Wut. Ich hatte es auch nicht anders erwartet. Als Jim kam, spracht Ihr nur ein paar neutrale Sätze miteinander. Wir boten Dir an, Dich zurück in die Stadt zu fahren, und Du nahmst das Angebot an, weil es bequem für Dich war. Du mußtest an diesem Nachmittag zurück zu Mat, um Deine Sachen zu packen. Die Reise nach Rußland sollte am Abend losgehen. Du erzähltest uns gähnend, daß Du fast die ganze Nacht mit einem Jungen aus dem Dorf auf einem Rockkonzert gewesen seist. Wie in aller Welt hattest Du ihn in dieser entfernten Gegend ausfindig gemacht? Du hattest seit vierundzwanzig Stunden nichts Ordentliches gegessen. Du sahst schmutzig, erschöpft und heruntergekommen aus. Trotz der Stachel-Armreifen an beiden Handgelenken, trotz der zerfetzten Jeans, die die knallrosa Boxershorts kaum verhüllten, trotz der vielen Ohrringe, trotz der entsetzlichen Anstecker auf Deinem T-Shirt – trotz allem sahst Du mitleiderregend aus, mein Sohn.

Stellte der »Chef« sich so die Freiheit vor, die Du für Dich in Anspruch nahmst? Eine Spritztour durch die Stadt in den frühen Morgenstunden mit dem Auto von jemandes Sohn? Ein leerer Magen und ein paar Stunden Schlaf auf irgendeinem Fußboden? Genießt Du Deine neue Freiheit? Oder möchtest Du in Wirklichkeit lieber ein warmes Bett, eine Schüssel mit selbstgekochter Suppe und die Liebe Deiner Mutter?

Kamst Du aus Trotz vorbei? Aber wieso dann diese erste, emotionale Reaktion? Und warum tatest Du Dich mit dem einzigen Jungen aus Deiner alten Schule zusammen, der in unserem Dorf wohnte? Seltsam, sein Name war vorher noch nie gefallen, und ich hatte ihn unter all Deinen Freunden auch nie bei uns zu Hause gesehen. Wie bequem für Dich, diese neue Freundschaft. Jetzt hast Du auch hier einen Fuß in der Tür, und ich bin beunruhigt. Hättest Du mir diese Zuflucht nicht lassen können?

an diesem Abend, zwanzig Minuten bevor der Bus bereitstand, um zu einer Fahrt um den halben Erdball zu starten, tauchtest Du bei uns auf und batest um etwas Reiseproviant.

Du mußtest Deinen Stolz herunterschlucken und an unserer Tür klingeln. Sonst hättest Du hungrig losfahren müssen.

In Notfällen bin ich immer sehr schnell. In fünf Minuten hatte ich einen Deinem Appetit entsprechenden Berg von Broten mit Erdnußbutter und Erdbeermarmelade geschmiert und zusammen mit Schokoriegeln, Äpfeln und Saftkartons verpackt. Du bedanktest Dich. Du legtest zögernd einen Arm um meine Schultern. Zusammen gingen wir zur Schule. Ich sah weder nach rechts noch nach links zu den anderen Eltern, denn ich war nicht in der Lage, ihre wissenden, kritischen Blicke zu ertragen. Jungen umarmten Mädchen. Mädchen umarmten weinend Jungen. Töchter küßten ihre Väter auf die Wangen. Söhne befreiten sich von überfürsorglichen Müttern. Die anderen Schüler sahen schick aus – neue Anoraks und Trainingsanzüge, neue Reisetaschen. Alle trugen gute, warme Kleidung. Alle waren mütterlich versorgt worden. Und Du standest dort in Deinem dünnen, schwarzen Megadeth-T-Shirt und durchlöcherten Leinenschuhen. Hattest Du noch nicht einmal einen Mantel, den Du in Rußland anziehen konntest? Tom, es ist kalt dort, und Du wirst Dir weder mit Deinem Geld noch mit netten Worten einen kaufen können.

Mr. McFarlane nickte uns zu. Mit einer Liste in der Hand gab er letzte Anweisungen und machte Euch Zeichen, daß Ihr in den Bus steigen solltet. Die Atmosphäre in der Straße war, als Ihr jungen Leute in den Bus klettertet, von den heftigen Gefühlen wie elektrisiert.

Du kamst noch einmal zurück. Du liefst noch einmal zu der Stelle, wo ich alleine stand, und warfst Deine Arme um meinen Hals, bevor Du Dich wieder in das Gewühl stürztest. Es war eine Geste, die kein anderes Kind zeigte. Ich gab vor, eine ganz normale Mutter zu sein, und winkte fröhlich, bis der Bus hinter der letzten Ecke verschwunden war. Mein Stolz verschloß mir die Lippen und ließ mich ausgesprochen ruhig erscheinen. Aber als die letzten Abschiedsrufe verklungen waren und die Leute langsam zu ihren geparkten Wagen gingen, machte ich auf dem Absatz kehrt und rannte davon, bevor jemand mein unterdrücktes Schluchzen hören oder die Tränen sehen konnte, die über mein Gesicht strömten.

Lieber Tom,

was hätte ich anderes erwarten sollen? Der »Chef« berichtet, daß Du seit einigen Wochen, seit Deiner Rückkehr aus Edinburgh und Deiner Reise um den halben Erdball, ohne festen Wohnsitz seist. Als hätte ich ihm das nicht gleich gesagt! Jetzt kann er sich selbst mit dem Chaos befassen, in das Du geraten bist.

Gestern stellte ich mir vor, daß ich hier, an diesem abgelegenen Ort, der nicht mit alten und schmerzhaften Erinnerungen belastet ist, Dich fast vergessen könnte. Nein, nicht vergessen. Aber akzeptieren, daß Du woanders bist, daß jemand anders die Verantwortung für Dich trägt.

Aber dann rufst Du an. Nach sechs Monaten des Schweigens. Ich nehme den Hörer ab und bin schockiert, als ich Deine Stimme erkenne: rauh, unfreundlich und zögernd.

»Hallo.«

Treffer! Mit einem einzigen unschuldigen Wort triffst Du mich mitten ins Mark. Ich versuche, mein klopfendes Herz zu beruhigen, und bemühe mich um einen sachlichen, optimistischen Tonfall.

»Tom! Welche Überraschung! Wie schön, deine Stimme zu hören. Wie geht es dir?«

Deine Worte klingen dumpf und flach. »Es geht, würde ich sagen.«

Ich kenne Dich zu gut, um das zu akzeptieren.

»Was heißt das: ›Es geht‹?« Ich versuche, so unbeschwert wie nur möglich zu klingen. »Wieviel auf der Richterskala?«

»Zwei ungefähr.«

»Zwei von wieviel?«

»Zwei von hundert.«

In Deiner Stimme ist keine Heiterkeit, kein Zynismus und auch kein Spott, also lasse auch ich meine aufgesetzte Fröhlichkeit fallen.

»Was ist denn nicht in Ordnung, mein Schatz?«

»Alles.«

Ich spüre über die Entfernung hinweg Deine Traurigkeit. Ich glaube, hören zu können, wie Du Deine Tränen herunterschluckst.

»Was ist es denn? Vermißt du deine Freunde immer noch so sehr?«

Ich bin ja so leicht durchschaubar. Wir wußten beide, was ich wirklich hören wollte. Ich wollte Dich sagen hören, daß Du mich vermißt. Daß Du mich brauchst. Daß Du unglücklich bist da unten. Aber Du hast Dich viel zu gut unter Kontrolle, um auf solche billigen Tricks hereinzufallen.

»Nicht nur das. Irgendwie ist alles Scheiße.«

Es war ein langes, ruhiges Gespräch. Und obwohl Du am Ende weintest, gabst Du nicht klein bei. Das konntest und wolltest du nicht. Ohne es auszusprechen, schafftest Du es irgendwie, deutlich zu machen, daß Du nach Hause kommen wolltest. Aber Du wolltest eine solche Rückkehr noch immer ausschließlich zu Deinen Bedingungen. Ohne unsere verrückten Zwänge und Einschränkungen. Gut, dachte ich. Das ist ein Anfang. Zumindest hast Du Dich ein wenig geöffnet.

»Tom, wenn du zurückkommen willst, dann können wir darüber reden.«

»Ich weiß es nicht.«

»Okay, aber denk daran, es steht dir offen.«

»Es würde nicht klappen«, erwidertest Du. »Es wäre genauso wie früher. Es hat sich nichts geändert.«

Das stimmt. Es hat sich nichts geändert. Außer, daß Du Dein langes Schweigen gebrochen hast.

Lieber Tom,

in der Nacht, nachdem Du angerufen hattest, hatte ich einen Alptraum, in dem Du die Hauptrolle spieltest. Einen entsetzlichen stummen Alptraum wie ein tonloser Horrorfilm, wie eines von diesen ekelhaften Videos. Wir waren wieder in unserer alten Wohnung, und Du standest unter der Dusche. Ich konnte die Umrisse Deines Körpers durch die transparente Trennwand sehen. Aus irgendeinem Grund saß Jim draußen vor dem Badezimmer und hielt Wache, vielleicht war er aber auch nur in eine spannende Abhandlung über propositionale Logik vertieft. Also war ich diejenige, die beobachtete, wie Deine verschwommene Hand nach der Rasierklinge griff und damit in Deine

Handgelenke schnitt. Blut tropfte an Deinen Fingern herab. Ich versuchte, zu Dir zu kommen. Ich versuchte, Jim zu alarmieren. Um Himmels willen, dreh dich um! Hör auf zu lesen! Sieh doch! Aber meine Stimme und mein Körper waren erstarrt, und ich mußte zusehen, wie Du in der Duschwanne zusammenbrachst.

Vielleicht habe ich mir zu viele Hitchcock-Filme angesehen. Ich gebe zu, daß ich leicht zu beeindrucken bin. Kürzlich habe ich gelesen, daß die Schauspielerin aus »Psycho«, nachdem sie den Film gedreht hatte, zwanzig Jahre lang nicht duschen konnte. Aber schau Dir einmal die klar verständlichen Bilder in diesem Traum an. Meine Angst, daß Du so tief in Verzweiflung versinken könntest, daß Du Dich umbringt. Jim, der mir den Rücken zugewandt hatte. Meine Unfähigkeit, Dich zu erreichen.

Manchmal versuche ich, mir eine glückliche Fortsetzung unseres Familiendramas vorzustellen, eine heitere Szene, in der Du nach Hause kommst und alles vergeben ist. Diese Vorstellung erfordert ein gehöriges Maß an Selbsttäuschung, aber das schaffe ich leicht. Ich stelle mir einen neuen, netten Tom vor, der im gleißenden Abendlicht den Weg herunterkommt. Als sei der wirkliche Tom nur eine Sinnestäuschung. Ich backe Deine Lieblings-Schokoladenkekse, und Du läßt Dich mit der Katze im Arm auf das Sofa fallen, oh, und Du bist so dankbar, wieder im Kreis Deiner Familie zu sein. Du denkst, daß wir anderen doch alle eigentlich gar nicht so übel sind, nicht wahr? Alles war nur ein schrecklicher Irrtum.

Dann reiße ich mich mit einem Ruck zusammen. Es gibt keinen netten Tom, sage ich mir, es gibt keine nette Beziehung zwischen uns. Aber es gibt einen ehrlichen Tom. Du weißt, daß alle Tränen der Welt die Situation nicht ändern können. Du weißt, daß Du nicht nach Hause kommen kannst. Daß es keine Lösung gibt. Daß es nichts gibt, was wir tun könnten, um diesen riesigen Riß zu flikken, der das Gewebe unseres Lebens durchzieht. Daß wir getrennt leben müssen. Es hat mich sechs Monate gekostet, das zu begreifen.

Lieber Tom,

nein. Ich kann die traurige Endgültigkeit dieses Szenarios nicht akzeptieren. Dein Anruf läßt mich hoffen, daß Du eines Tages vielleicht doch die weiße Flagge hissen könntest. Ich habe lange darüber nachgedacht. Ich sagte mir: Es geht ihm so schlecht, daß er seine Mutter nach einem halben Jahr des Schweigens anrufen und Tränen vergießen kann. Gib ihm noch ein paar Tage, und er wird mit gepackten Sachen auf dem Bahnhof stehen, bereit, nach Hause zu kommen. Es ist nur eine Frage der Zeit. Er begreift langsam, daß das Gras auf der anderen Seite längst nicht so saftig ist, wie es den Anschein hatte. Vielleicht hat er inzwischen auch vom »Chef« die Nase voll.

Also gab ich Dir eine Woche. Dann noch eine Woche, in der ich der täglichen Versuchung widerstand, selbst zum Hörer zu greifen. Laß ihn ruhig noch ein bißchen länger in seinem eigenen, bitteren Saft schmoren, dachte ich mir. Dann rief ich an.

Okay, ich gab nach. Und was passierte? Was hatte ich falsch verstanden? Diesmal gab es keine Tränen.

»Hallo, Mum. Ja, alles bestens. Wie geht's dir? Cool! Cool! Chemie stinkt mir gewaltig, und einer von meinen Lehrern ist ein verdammter Faschist, aber sonst, ja, ist alles okay!«

Hey, Tom, Du hörst mir ja gar nicht zu, und wer ist das

Mädchen, das da im Hintergrund kichert? Oh, tut mir leid. Du bist im Moment ziemlich beschäftigt. Tut mir leid, daß ich Dich gestört habe. Du rufst mich demnächst zurück. Ja, in Ordnung.

Beim nächsten Mal war ich leicht verwirrt, aber entschlossen, eine Antwort zu bekommen. Bevor Du auflegen konntest, fragte ich Dich, warum Du so kurze Zeit nach Deinem Tief plötzlich wie ein ganz anderer Mensch klangst.

»Sag mir, mein Schatz, was ist passiert seit dem letzten Mal? Ich meine, du warst doch so verstört.«

»Oh, das hängt immer davon ab, was in den vierundzwanzig Stunden davor passiert ist. Nehme ich an. Ich weiß nicht genau, was du meinst.«

Cooler Tom. Aalglatt. In Deiner kaltschnäuzigen Art hast Du Dein pubertäres Erleben auf einen Nenner gebracht. So treffend. Sieht das Leben so aus, wenn man fünfzehn ist?

Okay, ich habe Dich verstanden. Du stehst nicht auf dem Bahnhof. Du bist offenbar nicht auf dem Weg nach Hause. Was hast Du Dir dabei gedacht, an den Saiten meiner mütterlichen Seele zu zerren und sie dann zurück in mein Gesicht schnellen zu lassen? Hey, das tut ziemlich weh, weißt Du.

Lieber Tom,

hör gefälligst damit auf! Hör auf, ständig zwischen dumpfer Verzweiflung und überschäumender Lebensfreude hin- und herzuschwanken. Mit dieser emotionalen Berg-und-Tal-Fahrt bringst Du auch Deine Mutter aus dem Gleichgewicht.

An einigen Abenden bist Du die Intelligenzbestie, die wenig von ihren wirklichen Gefühlen verrät und das Gespräch mit scherzenden, respektlosen Bemerkungen wie mit Akkorden auf einer elektrischen Gitarre begleitet. Ich reagiere entsprechend. Witze und Gelächter. Scherze und Neckereien. Klatsch und Tratsch. Wir spielen unsere Rollen perfekt. Ich kann das ganz gut, aber anschließend habe ich einen schlechten Geschmack im Mund, weil wir im Grunde nichts gesagt haben.

An anderen Abenden höre ich den traurigen, mißmutigen Tom, der achselzuckend zugibt, daß er mit dem Leben dort nicht zufrieden ist. Und weil Du meinen Übereifer kennst, sagst Du im nächsten Atemzug, daß es hier noch schlimmer wäre. Du redest eine halbe Stunde oder noch länger, hältst mich mit Deinen Klagen an meinem Ende der Leitung fest. Beide klammern wir uns an diese durch die Technik hergestellte Verbindung.

Wir beginnen mit unserem bewährten verbalen Schattenboxen. Du bewegst Dich mit Deiner Unzufriedenheit, Deinen Elendsgeschichten immer sehr vorsichtig durch den Ring. Ich tänzele hinter Dir her mit Angeboten zur Versöhnung, zum Heimkommen, aber nur sehr verhalten, sehr vorsichtig formuliert, ohne meine Bedingungen fallenzulassen. Du weichst zurück. Ich gehe ebenfalls in Deckung.

Nein, es würde natürlich nicht funktionieren. Es war dumm, überhaupt wieder damit anzufangen. Und während der ganzen Runde spüre ich Deine unausgesprochene Traurigkeit.

»Nächste Woche werde ich sechzehn. Dann kann ich von zu Hause ausziehen, wenn ich will. Ich meine (bitteres Lachen), du hast ja schon längst dafür gesorgt, daß ich auszog, aber du weißt ja, was ich meine (›schrumm,

schrumm‹). Ich kann richtig von zu Hause fortgehen (›drei Akkorde, gefolgt von einem Glissando‹).«

»Wohin denn? Wohin willst du denn gehen?«

»Irgendwohin. Unter eine Hecke.«

Und dann tappe ich direkt in die Falle, die Du für mich aufgestellt hast. Ich nehme Dich beim Wort.

»Ist dein altes Zuhause, selbst mit seinen wenigen dummen Hausregeln, nicht immer noch besser als eine Hecke? Wir können verhandeln.«

»Ich habe kein altes Zuhause!« bricht es aus Dir hervor. »Ich habe kein verdammtes Zuhause. Genausogut kann ich unter einer Hecke pennen.«

Ich gerate in Panik.

»Wir könnten uns bestimmt einigen.«

Ich sitze im Loch, und Du schaufelst die Erde auf mich.

»Ja, sicher, das könnten wir«, höhnst Du.

Also eine weitere schlaflose Nacht. Würde er tatsächlich fortlaufen? Sicher, und wenn es nur wäre, um es mir und dem Rest der Welt zu beweisen. Oder ist alles nur Theater, ein Versuch, die Nervenstärke Deiner Mutter zu testen?

Der nächste Abend. Der nächste Anruf. Oh, es tut mir leid. Nein, ich wollte es eigentlich gar nicht so ernst nehmen. Dumm von mir, Deine Sprüche wörtlich zu nehmen.

Ja, ich verstehe, Dir geht es wirklich gut da unten. Viel besser als hier oben mit uns. Ja, ich werde mich in Zukunft nicht mehr so aufregen. Nein, hör nicht auf, mich anzurufen. Es ist wichtig für mich, mit Dir zu reden. Bitte, laß die Verbindung nicht abreißen.

Hör nicht auf mit den Anrufen. Da ich Dir schon nichts anderes anzubieten habe, so kann ich Dir wenigstens als geduldiger Schwamm dienen, der Deine verschiedensten Launen in sich aufsaugt. Wenigstens reden wir wieder miteinander.

Epilog

Lieber Tom,

mehr als ein Jahr ist vergangen. Du rufst dann und wann an, um die emotionalen Ablagerungen aufzuwirbeln, die sich mit der Zeit, während die Jahreszeiten kamen und gingen, wie Schichten verschiedenfarbigen Sandes abgesetzt haben. Bis zu einem gewissen Grad habe ich mich an unsere Beziehung in der räumlichen Entfernung gewöhnt. So ist es einfacher. Weniger hitzig. Nicht so zermürbend für die Nerven.

Ich frage mich, ob dieser Ort für mich zu einem Ersatz für Dich geworden ist. Ich habe so viele Gefühle hier hinein investiert. Ich werde mutiger, wenn ich in der kalten Luft die Blätter zusammenreche, die wie gelbliches und rotbraunes Konfetti in meinen verwilderten Garten fallen. Je mehr ich mit der Erde in Berührung komme, desto besser kann ich Dich loslassen.

Ich habe durch die Seiten dieses Tagebuchs geblättert. Ich muß ehrlicherweise zugeben, daß ein Tagebuch daraus geworden ist. Vielleicht waren diese Briefe nie dazu gedacht, in einen Briefkasten geworfen zu werden. Ich sehe ein, daß ich gleichermaßen für mich wie für Dich geschrieben habe. Hier, an diesem Ort, wo ich in Frieden lebe, verliere ich den Kontakt zu Dir.

Mir ist bewußt, daß dies lediglich meine Version unserer Beziehung und unserer Trennung ist. Wie hätte Deine Geschichte ausgesehen, wenn Du statt meiner zu Papier und Bleistift gegriffen hättest? Meine Version ist einseitig, unvollständig. Ich habe bestimmte Vorfälle beschrieben, andere ausgelassen. Sicherlich habe ich damit nicht die ganze Wahrheit erfaßt. Aber ich habe versucht, die Geschehnisse einzuordnen.

Ich habe jetzt verstanden, daß es keine simple, eindeutige Erklärung für das gibt, was zwischen uns geschehen ist. Es war ein langwieriger, langsamer Prozeß, wie Wasser, das einen Stein aushöhlt. In meiner wie in Deiner Erinnerung gibt es Wörter und Bilder. Nichts ist absolut. Als Du klein warst und ich Dich am Ende des Tages abholte, hockte ich mich vor Dir nieder, um Dich zu begrüßen, aber meine offenen Arme blieben leer. Du stießest mich fort, hieltest mich auf Distanz. War das bereits der Beweis für eine unüberbrückbare Kluft zwischen einer Mutter und ihrem Kind?

Vielleicht war es für Dich ganz einfach Verrat. Der Austausch eines geliebten Vaters durch einen anderen, der ganz einfach nicht genügte, egal, was er tat oder wie sehr er sich bemühte. Ich könnte Jim die Schuld geben für das, was sich im Laufe der Jahre mit der Energie von Wasser hinter einem Staudamm zwischen uns aufbaute. Das Szenario des ungeliebten Stiefvaters wäre ein bequemer Haken, um alle Schuld daran aufzuhängen. Den ganzen Konflikt. Aber schließlich, und in dieser Hinsicht hat Jim mir recht, fand der eigentliche Kampf zwischen Dir und mir statt. Ich war diejenige, die nicht zur Ruhe kam, solange wir an demselben Ort waren. Ich war es, die versuchte, Dich zu ändern. Zwischen Dir und ihm war die Verbindung nicht derart emotional befrachtet, waren die Versuche, Dich zu erreichen, nicht so verzweifelt. Aber schließlich bist Du ja auch nicht sein Kind.

Vielleicht liegen die Wurzeln unseres Konflikts, wie bei anderen Müttern und Söhnen, auch in unserer Vergangenheit. Unserer Generation ist genauso viel vorzuwerfen wie der Euren. Als wir Teens und Twens waren, marschierten wir zu den Klängen von Protestsongs, entschlossen, die strengen Regeln, die uns einschränkten, zu brechen. Jetzt, da wir selbst Eltern sind, befinden wir uns in einem Dilemma. Wir fürchten uns davor, Grenzen zu setzen, und wir haben Angst, es nicht zu tun. Es gibt keinen Konsens. Kein festes Fundament, auf dem unsere Meinungen aufbauen können. Es gab eine gewaltige Machtverschiebung zu Euren Gunsten, und wir Erwachsenen haben die Richtung verloren. Manche Mütter händigen Euch die Schlüssel aus, verstopfen sich die Ohren und hoffen, daß nichts Schlimmes passieren wird. Andere setzen eiserne Regeln und nötigen ihre Kinder zu einem Doppelleben, mit steifen Tischsitten und einem skandalösen Verhalten draußen auf der Straße. Während der schlimmsten Jahre habe ich mich als Mutter sehr allein und ohne jede Unterstützung gefühlt.

Für die meisten Mütter ist die Pubertät der Tochter oder des Sohnes nur eine schlimme Phase, die man durchstehen muß. Sie wissen, daß sie irgendwann vorbei sein wird. Aber bei Dir begann die schwierige Phase offenbar früher: Seit Du Dich mit Deinem drei Jahren alten Willen gegen Maggie im Kinderhort gestellt hattest, war es Dir nur noch wichtig, keine Kompromisse einzugehen. Du wolltest vor allem die Freiheit haben, tun zu können, was Du wolltest, Dich zu benehmen, wie es Dir in den Sinn kam, ungeachtet der Bedürfnisse und Wünsche anderer. Ich glaube, daß die meisten Kinder mit einem großen emotionalen Guthaben in die Phase der Adoleszenz eintreten. Sie können auf das Fundament von Jahren enger, liebevoller Beziehungen bauen. Sie schulden ihren Eltern nichts. Eltern dagegen schulden ihren Kindern eine Menge. Freude. Lachen. Befriedigung. Wenn die Kinder ihre Phase der Rebellion durchleben, schwindet das Guthaben möglicherweise dahin, aber die meisten sind schon aus dem Gröbsten heraus, bevor sie in die roten Zahlen geraten. Aber Du kamst in diese Phase, als Du bereits enorme emotionale Schulden hattest. Deine Verstocktheit zeigte sich bereits mit drei Jahren, und Du hast seither Deinen Widerstand wie eine Art chinesische Wasserfolter beständig aufrechterhalten. Mehr konnte ich nicht ertragen.

Auch andere Mütter haben es nicht überstanden. Eine Freundin von mir, die genauso zur Verzweiflung getrieben wurde wie ich, schlug ihren Sohn, als er sich im Teenageralter hemmungslos betrunken hatte, und er stieß sie daraufhin die Treppe hinunter. Sie brach sich den Arm. Später, als sein Trinken noch schlimmer geworden war und sie ihn ohrfeigte, weil er sie übel beleidigt hatte, bedrohte er sie mit einem Brotmesser. Wie soll eine Mutter damit zurechtkommen, wenn ihr Sohn ihr über den Kopf wächst und aufsässig wird? Als Du mit Deiner Medusalocke, der Lederjacke, den Gestapo-Stiefeln und zehn Zentimeter größer und zehn Kilo schwerer als ich vor mir standest, gab es für mich keine Möglichkeit mehr, Dich zu maßregeln. Ein Hieb auf die Beine wäre besser gewesen als all die Jahre aufgestauter Wut.

Aber dies alles ist nichts anderes als eine Rationalisierung. Darunter liegt eine verschüttete Quelle von Gefühlen, die sich mit sachlichen Erklärungen nicht so leicht freischaufeln läßt – meine Schuld und meine Verzweiflung und mein Gefühl der Hoffnungslosigkeit als ich mir selbst dabei zusehen mußte, wie ich Dich verlor; Deine Wut, Dein Schmerz und Dein Bedürfnis, das Gesicht zu wahren. Wir waren einmal zu zweit: eine gestreßte, alleinerziehende Mutter mit ihrem störrischen Kind. Diese Phase war geprägt von Belastungen und Traurigkeit, maßloser Erschöpfung und fehlenden Möglichkeiten, etwas aufzuarbeiten. Ich konnte weder die Zeit noch die Kraft, noch die richtigen Worte finden, um Dir zu helfen. Ich machte mir Sorgen und beobachtete Dich. Du zogst Dich zurück. Wir lebten in einem emotionalen Treibhaus. Wir waren mit unseren unterschiedlichen Bedürfnissen aneinander gefesselt, und wir zogen einander herunter. Ich stelle es mir so vor – wir beide stehen oben auf einem verschneiten Berg, klettern auf einen Schlitten und rutschen aneinandergeklammert den Abhang hinunter. Aber der Abhang wird immer steiler, und schon bald sausen wir ohne jegliche Kontrolle bergab. Es gibt keine Möglichkeit auszusteigen. Es gibt keinen Halt. Wir müssen weiterfahren, bis wir an der tiefsten Stelle des Tals landen und gewaltsam auseinandergerissen werden.

Als wir uns erst einmal auf diesem abschüssigen Weg befanden, konnten wir einander nicht mehr helfen. Wir schlitterten abwärts und konnten nicht mehr normal, wohlwollend oder liebevoll miteinander umgehen. Wir konnten nicht mehr einfach Mutter und Sohn sein. Wenn ich nur dazu in der Lage gewesen wäre, Deine Hände zu nehmen, Dich anzusehen und ganz einfach zu sagen: Laß uns bitte alles vergessen und noch einmal von vorn anfangen. Aber am Ende gab es nichts mehr, womit ich Dich hätte besänftigen können, es sei denn, ich hätte mich ganz und gar aufgegeben. Hätte ich das wirklich tun sollen?

Gestern abend ging ich hinaus in die Nacht. Die Sterne funkelten. Die Luft war eisig. Die vierzig Fuß hohe Kiefer stand wie ein riesiger Wachtposten neben dem kleinen Häuschen aus Stein. Rauch stieg aus dem Schornstein, eine gerade, blaugraue Linie vor der Schwärze des Himmels. Die Schafe waren kaum erkennbar, nur als Umrisse, wie Steinbrocken auf dem Hügel. Ich hörte das Rauschen des Flusses; es klang wie der Abschiedsgesang der davonfließenden Vergangenheit. Ich werde hier am Wasser bleiben. Du wirst Deinen eigenen Weg gehen.

Mehr gibt es nicht zu sagen. Diese Briefe, oder mein Tagebuch – nenn es, wie Du willst –, sind der Versuch, einen Sinn darin zu erkennen, warum ein Mensch seine Sachen packen und den Menschen verlassen mußte, der ihm am nächsten stand. Am Ende hat Oscar Wilde es am treffendsten beschrieben. Er betrachtete die Tapete in dem Raum, in dem er im Sterben lag, und sagte: »Einer von uns muß gehen.«

Das ist es im Grunde. In einem kurzen Satz.